U0152448

九鬼貓薄荷

目錄

九鬼

　　在日式超市見到「九鬼」濃口胡麻油的
promotion，雖然略貴，一定買一瓶。極力推薦，這
純正的芝麻油是料理中不可或缺的夢幻食材，一開
蓋，芝麻的濃郁香氣令你暈浪。

　　「九鬼」在日本頗負盛名，其產業開創於明治
19年（1886年），已有一百三十多年歷史。設廠於
近畿三重縣四日市。嚴選優秀的黑、白芝麻作原料，
用傳統香烤、壓榨方法製成，一點點就香氣四溢，滴
在即食麵上，馬上提升了口感和食慾，我較喜歡簡單
原始又美味的出前一丁麻油麵，加時令蔬菜煮一下，
麻油是日清的，我很奄尖，用「九鬼」，更是畫龍點
睛。用來做涼拌菜（例如心裏美蘿蔔、菠菜豆腐、小
黃瓜……），香得很！

　　麻油在亞洲已有幾千年歷史，中國人日本人都愛
以之入饌，但日本更視作古老的藝術品，既專一又尊
重。在東京澀谷的GOMAYA KUKI，就是以「九鬼」
食材製作的「世界第一濃」胡麻冰淇淋。芝麻也稱胡

麻，黑芝麻滋補、通便、解毒，最大功效是烏髮；白芝麻補中益氣，潤腸健胃。這裏的冰淇淋，以「每一份皆使用 9000 粒芝麻製作」來宣傳，有 6 種口味，也不過是黑、白芝麻。吃過一次，迷人得至今難忘。

七月盂蘭節，以為「九鬼」好猛？那麼黑白芝麻也得改為「黑白無常」了？

其實九鬼是姓氏，日本戰國時代至安土桃山時代，就有一名武將喚九鬼嘉隆（1542 ～ 1600 年），在織田信長和豐臣秀吉麾下，率領水軍作戰。威勢和殺氣那麼大，擔得起「九鬼」之姓，但與麻油和冰淇淋沾不上邊。

「貓薄荷」

常有些愛貓人士（即貓奴），把寵物舉止動態表情感受……一一放上網與人分享。我沒養貓，不過也很喜歡貓有性格，高傲。

有一回，某在廚房切一大盤青椒，剛走開，貓好奇地湊上去還嗅一下——出事了！貓中椒又中招了，刺激得仰天一倒，由鬥雞眼再變翻白眼，頂唔順！有些食材味道太濃，貓也不喜歡，也許嗅覺靈敏，所以來不及厭惡已不支倒地，耍不起性格。

這些有趣的分享，叫我想起貓的剋星，就是「貓薄荷」。

本來「薄荷」並非難聞的植物，我愛用薄荷葉來泡茶，或薄荷香精油浸浴，可治感冒頭痛。不過「貓薄荷」是另一類。

它的學名是荊芥屬，為被子植物唇形科的一屬，共可分約 250 個物種，某些種類能刺激貓的費洛蒙受器，使牠們產生特殊行為，如翻滾、磨蹭、拍打、啃咬、跳躍、低吟……像吸了大麻一樣。

阿朗伯小店

日本愛媛縣青島的貓

阿全的貓

最初人們並不發現荊芥屬怪味的副作用，居民為了驅除蚊蟲，在花園種植，蚊蟲怕了不來了，但貓卻產生迷幻錯覺。日本愛媛縣青島，島上居民不到 20人，卻飼養了超過 100 隻貓，結果集體 high 瘋了，暈陀陀，蔚為奇觀。

　　比起來，青椒算甚麼？high 起來，高傲又如何？

　　在台灣高雄逛街，走至八德二路，見到一位健談好客的阿朗伯小店，專門賣貓草、貓薄荷……貓喜歡舔自己的毛，自我清潔，所以胃中常結毛球，吃貓草可刺激腸胃蠕動，催吐胃中毛團；貓薄荷則是良性大麻，增添牠「恍惚」的派對樂趣。

　　同人一樣，牠欲仙欲死，碎生夢死，死過翻生，等待下一回……

牛奶鳳梨

　　台灣是水果王國，百貨店、超市、市集，都有色彩繽紛又充滿魅力的水果向你招手。

　　這回招手的比較罕見：「牛奶鳳梨」。前一晚見到售罄的標籤，很好奇，翌日提早去買，只剩下 3 份。「新品上市」果然吸引也搶手，我也是第一次吃。

　　牛奶鳳梨跟牛奶沒有關係，只因果肉乳白色，纖維少，香氣特別，清甜多汁，故名。

　　台灣以鳳梨見著，伴手禮鳳梨酥，極具江湖地位，但我覺得膩，水果鮮吃更好。台灣鳳梨品種很多，除 1 號仔、2 號仔、3 號仔外，還有蘋果鳳梨（口感較脆）、釋迦鳳梨、香水鳳梨、金鑽鳳梨、冬蜜鳳梨、蜜寶鳳梨、黃金鳳梨……我愛金鑽，這也是台灣最受歡迎產量最多的一種，不斷改良提高品質。其外形圓筒形，果芯大，果肉細緻甜蜜，風味佳，很多製品也用它。

　　至於牛奶鳳梨，圖個新奇有趣，但口感和味道

不及金鑽。目前主要種植於嘉義民雄鄉，成本重產量低，偶而得見，今夏特別熱，果肉快熟，所以碰上了。

還有一種是好貴的西瓜鳳梨，見有人投訴騙錢——其實冤枉了。

這品種不常見，外皮青綠，比一般大而重，為鳳梨界的浩克（漫畫中 HULK，乃虛構英雄人物綠巨人），我們見它一顆可抵三顆，太大了，嚐鮮變了負擔？沒買。

香蕉再好只是「兵」

今年荔枝豐收，豐腴香甜的糯米糍提早上市，又平又靚，有人一買一筐，送人共享，「一顆荔枝三把火」？人人都「荔火焚身」了。

不止荔枝，今年甚麼年？大量水果也豐收，早熟且量多，自然不值錢，再美好的品種也淪落。

台灣很多水果都堆積如山。尤其是香蕉，價格崩盤，以前每公斤批發價都有三十多元（台幣，下同），但現實殘酷，香蕉每公斤一度跌至 5 元，蕉農不甘賤賣，拿去餵牛甚至忍痛踩爛、銷毀，因為在大太陽下「烤肉」，人和香蕉都吃不消，香蕉比任何水果易壞變臭還成泥，真是沒辦法。

香蕉淪落，早前台灣有政客呼籲救蕉，更有提供新食法，是把青蕉帶皮水煮，再配搭醬油、大蒜同吃，「養生又美味」──光聽着（看着）也覺怪異，明明是甜品，奶昔、刨冰、冰沙、糕點、煎餅、雪糕、油炸（加煉乳或蜂蜜）……甚至曬乾也可救蕉，弄成鹹的？此招多弱智！竟還有拍馬屁的黨友去盲

撐。

六、七月時風雨和人手毀滅了一大批,才沒那麼賤,見台灣超市,一枚一枚的賣,15 元、18 元、21 元(約港幣 4 至 5 元多)。

中、台常用語,帶點調侃的「一枚」,如一枚閑人、一枚賤男、一枚茶葉蛋、其人乃吃貨一枚、偽愛國黨員一枚、捕獲超萌大奶車模一枚……我們習慣了一根香蕉,但台灣人仍愛說一枚香蕉。

未熟時是青蕉,不香。大家吃到一枚一枚的香蕉,不是天然長熟,而是在青 BB 硬梆梆時摘下,為免運送折騰速壞,須送至催熟設備廠放 5 天左右,由青硬變得鮮黃亮麗香甜,才上市。買回家擱一兩天,出現輕微「屍斑」(梅花點)才最好吃──之後,走的是下坡路,易爛、軟塌,整枚發黑,要扔掉。

有俗諺「失戀吃香蕉皮」,經醫學研究,發現青蕉皮所含的「血清激素」和「正腎上腺素」,這些天然成份可抗憂鬱,治失戀──但失戀心情苦澀青硬,

難道以同色同類物體來作食療？

　　香蕉富營養、解憂、通便、靜心，好處多，不過會膩。有些水果精緻美味，如水蜜桃、草莓、香印青提、荔枝、愛文芒、櫻桃……你會愛上它們，一如「情人」。

　　——但香蕉，永遠是務實又欠傲氣的「兵」。

「人面魚」

　　台灣有靈異都市傳説《紅衣小女孩》電影，因賣座已拍了2部。近日有第3部在港上映，當然不受注意，沒台灣的紅火，看預告片，是講「人面魚」的，幾個釣魚漢燒烤一尾吳郭魚，牠被分吃時怨怒發聲引發故事。

　　傳聞曾哄動一時，1995年報紙有報導，當年科技不發達也沒手機或視頻即時紀錄，只得一幀照片流傳。

　　民眾（5人）到高雄岡山出遊，釣到一條約4公斤的吳郭魚，燒烤大快朵頤時，竟聽到詭異人聲台語問：「魚肉好吃嗎？」仔細一看，那魚身（部份肉已被分吃了）呈現一張老太婆的臉，眼口鼻令人毛骨悚然，有人忙拍下照片，後來目睹異象的釣客一一離奇死亡。此題材上了電視台夜間節目《玫瑰之夜》中的「鬼話連篇」，引起熱話，搞到不少人不敢吃吳郭魚，養殖者抗議，後來才漸漸被遺忘。如今電影重拍，但愛吃魚的人照樣吃，或有大膽者回應魚妖：

「對，魚肉很好吃！」——原來他是貓妖，哪有貓兒不嗜腥？氣死！

至於吳郭魚，我也吃過，清蒸紅燒燉湯，因肉質鮮嫩，雖微有土腥味，但刺少肉香，是台灣人美食，近年有感染才少吃。

本名羅非魚、非洲鯽、南洋鯽、莫三比克口孵非鯽……改良品種稱台灣鯛。「吳郭」不是地方名，據水產史料記載，兩位台籍日本兵，在 1945 年二戰日本投降後，被送入集中營的郭啟彰及好友吳振輝，把此非洲魚苗從新加坡給引進台灣，為紀念故名「吳郭」（像人吧？）

説回電影《人面魚》：一名刑事組警官帶着破不了的離奇滅門血案，找上「黑虎將軍」乩身志成，他對兇嫌執行一種「炸魔神仔」的驅魔儀式，豈料棄置的魚屍嘴吐一條邪魚，被偷拍微電影的男孩撿回家飼養，令他那因夫另結小三遭拋棄的母親，本已有點精神病，更被附身作怪……

我是在銅鑼灣一家小戲院看的，因為約了人在晚上，下午剛好有時間看場戲，座上客總共也只得近10位——幸好它不夠恐怖，所以嚇不了人。

　　台灣本土色彩濃厚的妖魔鬼怪片，較愛官能刺激，總是以身後身邊突現的異物來製造驚慄，「擺拍」似的鏡頭，和片中大部份虎爺與魔神仔對峙畫面，令人疲倦。最好笑的，不管是凶宅、民居、神壇、音樂會……都很昏暗，若非此城電量供應不足，就是大家都很省，非必要不開燈，方便鬼怪出現。

　　看完了，不但沒有紅衣小女孩，人面魚也淪為配角，而此片實為外傳或前傳，有攀親帶故以吸睛之感。

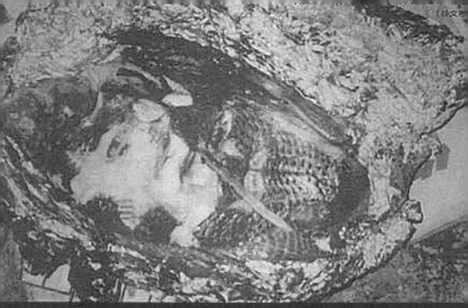

當年新聞圖片

吳郭魚

愛黨月餅的疑惑

　　去年中秋，強國有新猷，損友發來特色月餅圖片，甚麼「听党指挥」、「听党的话」、「作风优良」、「英勇顽强」……媲美岳母刺字精忠報國。

　　起初還以為網民惡搞的虛擬物，原來是「實體」，為強化部隊官兵的思想政治教育，首次推出。口號讓大家忘了當年中秋起義，劉伯溫囑人在月餅中藏了紙條，寫着「八月十五夜，殺韃子，迎義軍」，推翻暴政的典故，反而連過節也得表忠，那麼新年的利是封，亦應印口號賀歲了吧。

　　一邊在世界各地自私地破壞人家文物景觀，還貪騙房租小利滿地打滾碰瓷喊救命，醜出國際，另一邊廂卻為了肉麻媚主向黨交心，表現出種種諂態，全宇宙只有大陸同胞有此雙重能耐，令人佩服。

　　——慢着，月餅口號有疑惑：是那個「党」字，要知五千年文化古國，造字有相關內涵亦具深沈意義，正體字「黨」尚黑，殘體字「党」則是兄弟頭上三炷香，都發人深省。那麼聽哪「党」的話？順哪

「党」指揮呢？共產黨？國民黨？民進黨？自由黨？胡說八道黨？公民黨？三 K 黨？黑手黨？五毛黨？等待「默許」的香港共產黨？光緒的帝黨？慈禧的后黨？叫雞黨？處女黨？工黨？民主黨？……得說個清楚，以免曖昧，誤入歧途。

想深一層，幸好沒人送我那些愛黨月餅。微信網絡發個圖，笑一下，就拋諸腦後，虛擬哪有罪證？

——但收到實體月餅，上面有「听党的话」、「听党指挥」……口號，煩！該怎麼處置好？

首先強國月餅我們一概沒信心吃進肚子中，大陸人也指定買「香港製造」，以免中招，那些蓮蓉豆沙蛋黃等餡兒，都有「歲月感」，不知是猴年馬月賣剩物資再改造，長壽得很。

若收到愛黨月餅，大家也有疑慮，要知人心隔肚皮，有人聽黨的話順黨指揮，有人不。你把你的精忠強加他人身上，送個「探測器」再觀後效？居心叵測。

處理方法：

（一）好吧那就分吃，好歹應景表忠？但切開了，就是分裂黨，吃不了兜着走。

（二）轉送別人冇眼屎乾淨盲？若禮品遭叛逆壞份子利用，間接顛覆國家，誅九族。

（三）擱着吧，到發霉長綠，就是侮辱。

（四）扔到垃圾桶？大不敬。

（五）賣掉？誰買？

（六）送給老人院或窮人或乞丐，行善積德總可以吧？火燒到他人身上可能出事，尋釁滋事罪。

（七）孝敬可惡的外母，借刀殺人釀家變。

——簡直是文革回魂，比鎅票的政棍還陰毒。

「斜睨」欠童真

　　經過地鐵宣傳大燈箱，又見到美心紅衣寶寶在賣廣告。他們的賀年糕點過去找來一些純真可愛小妹妹，十分吸睛。但小孩只能賣萌一年，每年得換。

　　今年所見，是「我要塊糕長大」蘿蔔糕廣告──我很少吃連鎖店的蘿蔔糕，只買銅鑼灣「農圃」的。但不看商品也會看看小模特，這回的寶寶與前不同，是側面的，不算很吸引，只因廣告左下方還有幀副圖，七分臉且是木然「斜睨」的，這就難以接受了。

　　我們都知道，小孩最可愛動人的是黑白分明的眼睛，和天真無邪的眼神，令人融化、忘憂、重拾童真。

　　今日社會，邪惡的大人已給予負面的示範，舉例，大家根本不希望下一代學政客甲那閃爍不定的鬼鼠眼，永不正視前方，特別是答傳媒問時，高傲而涼薄；也不要像政客乙般，總是斜泛眼波微露笑渦硬銷減福利劣策；更不要像政客丙那樣，次次見人眼神都卑微空洞無主見──對，這些例子都屬「斜睨」。

重視小孩的教養（大人身教、言教很重要！），要指導他們「正面處事」、「正眼望人」、「正身正心」，一斜不可收拾。

　　當然，廣告中的寶寶是無辜的，但拍了大量宣傳照，千挑萬選，怎會揀張斜的？

　　不要緊，一個月就換新的宣傳照了。

金鴨的「打賞」

　　上海市靜安區的白馬會所，被網民封為「鴨王」的男公關過生日，其金主富婆送上逾百萬元（人民幣）大禮，由 1 歲至 28 歲每年一份，27 歲的禮物是一輛 Audi，28 歲的是心形盆子裝着 28 萬元現金和一隻純金杯子（象徵一輩子）。

　　富婆老公得知消息，才發現戴綠帽，且老婆竟使用自己給對方的附屬卡找數討「白馬王子」歡心，怒不可遏，糾眾上門算帳，打斷他一條腿——不過有網友指出，影片中的會所裝潢有點不夠級數，且男公關下場未明，不知真假。

　　豪禮是真，而鴨店已因此事瘋傳而遭取締亦不假，但中國大陸有錢有需求有買賣就有「貨」，一雞死一雞鳴，一鴨下一鴨上，沒甚麼大不了。大城市繁華地段高級私人會所，若非金主春情勃發高調示愛，也不會爆破，「打」、「賞」齊來。

　　世情奇詭，夫妻之間出問題，男的包小三、女的包小王，屬「雞鴨事件」，但元配向小三狠毒暴打甚

至殺害，卻不敢怪到那出軌賤男頭上；綠帽老公向小王下手，淫婦另覓奸夫又如何？而且有買有賣，作為鴨（甚至鴨王），迷戀他的富婆送禮送錢包樓包車，心甘情願更有快感，比這百萬討歡更豪的也有，打賞而已，不收白不收。

要檢討的，是那得不到歡心又不離婚止蝕的老公吧。

削骨手術

　　中國大陸暴發的人那麼多，男女都花得起錢，像白馬會所那般豪奢的私人娛樂場所怎會少，因富婆厚禮出事被取締，另一家馬上投入市場。

　　家家招聘以「商務男模」包裝，「身高 1.8 米以上、形象必須要帥、穿着時尚前衛」，當然體形、吸客功力、服務特色……冧女手段各司各法，否則每一班日薪怎會高達 10,000 元（人民幣）？會所消費水平高，資產沒 × 千萬的也別想享用了。

　　——雖云「高級」，但那些鴨（包括鴨王，他們喚「頭牌」）看來都很娘，而且浮誇得一副「宰人」之姿，都愛透明雨衣、制服誘惑、裸露上身、巧笑倩兮……且幾乎位位都整過容：割雙眼皮、開眼頭眼尾、隆鼻、墊下巴、削骨。變臉手術高超，涉事鴨王可由舊證件相中劏房波變了 V 臉的士陳，神乎其技。

　　CCTVB 某藝員有「削骨還父」花邊，因其人不紅所以忘了名字，但「削骨」手術，我好奇研究一下：

如果長了「國」字口面（即「平面方角」），手術是在口腔內進行的，骨頭剝離後，便截骨（切除）、削骨（削磨），之後進行臉形順修 V 化，否則左右不對稱，很假，不自然。手術涉及顳顎關節、下頜神經、下顎骨角動脈⋯⋯過程長需大量麻醉藥，後遺症還用說？

　　不過削骨變俊再加勞動服務，可掙快錢，勝過不少高幹，值！

最希望消失的火鍋

很多人「不知如何」就令網民生氣，大軍圍剿，上綱上線不止，還人身攻擊。

蔡瀾上湖南衛視節目，談大陸改革開放 40 年來食物的變化。主持人問各嘉賓：「如果可以讓全世界範圍內一道菜消失，你會希望是甚麼？」

蔡瀾答：「沒有文化價值，讓火鍋消失吧！」他認為東西一一切好就扔進去，有甚麼好吃呢？如這風氣保持下去，以後都不需要有大師傅了。

——誰料惹來強國網民保衛戰，口誅筆伐，一下子想把他數十年來「食家」招牌砸了來消氣。自由社會戲謔言論是一己之見，假設性問答而已，玻璃心太脆弱！

當然，正值寒冬，火鍋是千萬中國人所愛，香港一年四季都有各式火鍋，大受歡迎。我也愛火鍋，尤其是台式，他們的高麗菜、芋頭心、玉米、鴨血、草蝦特別好吃。

中國涮羊肉、毛肚，日本湯豆腐……只要食材新

《蘋果日報》設計圖片

鮮湯底好，火鍋永遠消失不了。

　　——我希望消失的是有「添加劑」的火鍋：一滴香、地溝油、蓋過劣質食材的麻辣料、罌粟殼、鴉片油、石蠟、增香劑、飄香劑、肉香王、辣椒精、火鍋紅⋯⋯

　　還有化學鍋、口水鍋、萬人鍋（回收再涮），假劣毒的火鍋會致癌，應取締卻是國人生意命脈，難怪群情洶湧。

　　但這些能在節目中明說嗎？

咁大隻蛤乸
隨街跳？

　　忽然間好着數，天上掉下個大餡餅，大隻蛤乸隨街跳，失驚無神撳便宜……別那麼低 B，世上怎會有這種美事？

　　一切都是交換、買賣，得付出有形或無形的代價。並且隨時像炒名牌手機波鞋般，以為可以勁賺數倍，卻炒燶見血。

　　不少高官高幹涉貪案。報載爆料，利益衝突不申報，這筆神秘巨款欠證據，含糊其辭。後豪花在女人、車子、樓房、唱片、美酒及養馬上……

　　任何一位江湖打滾、見慣世面，老奸巨猾的政客，怎會不明白很多事盡在不言中。本城傳媒經常揭露一眾政治酬庸、利益輸送、富豪贈金、媚主賞賜……的新聞，他們得到一些，要付出一些。正如各玉女、名模、明星，出席「飯局」，飯局價由 × 千至 × 十萬不等，收錢陪吃飯？當然有「下文」，怎能不知道要侍候哪個主子？報答哪位大哥？小姐接客也是一手收錢一手交肉。

人家綺年玉貌，陪伴老頭發展親密關係，正因錢不是白收的，多勞多得，無便宜可撿。白白送你？自己也不信，不敢要呢。「識做」是人生大道理。

　　──邊有咁大隻蛤乸隨街跳？如果見到在街上亂跳的蛤乸，千萬不要捉！

　　先說蛤乸。

　　蛤蚧、青蛙、田雞、蝦蟆，都是牠別號，蟾蜍（蟾蜍）是同類異種──但真奇怪，這動物不分雌雄都喚「蛤乸」，沒聽過「蛤公」的。

　　牠是無尾目，兩棲綱動物。體形苗條，身體濕軟，多在水邊出沒，善於游泳，後腿長而有力，可跳得很遠。「蛤」、「蚧」、「蛙」之得名都來自牠的呱呱叫聲。但明明是「蛙」，何以變「雞」？田雞（也稱水雞、石雞）味道十分鮮甜，一直為食家稱許，可以媲美貴價的雞類，炒田雞、田雞粥、田雞鍋……都是美食，也不便宜，很多人為之垂涎。

　　為甚麼不要「貪」？你貪了，後果自負。

這又要説到「青蛙驗孕」的故事。

　　今時今日，驗孕棒、驗孕試紙、驗血驗尿各種檢驗方式，簡單又準確。不過在四、五十年前，科技沒這麼發達，民生亦未必負擔得起，一般低下層市民不願到西醫診所，因為收費貴。若要驗孕，多會光顧一些小型的樓上鋪仔。

　　保守年代，社會較為封閉，未婚生子是件羞家的事，月經遲來兩個月，中招了？年輕的女子擔心又緊張，不敢告知父母，便一個人忐忑偷偷上樓，那些專治「奇難雜症」（最愛張貼核突之痔瘡寫真）小型中式醫務所，設於深水埗、旺角、油麻地，「青蛙驗孕」是隨處可見的小招牌。

　　這過程需要青蛙當主角，是一九三三年在南非開普敦發明的驗孕方法。生物學家發現，蛙類物種對人體絨膜促性腺激素異常敏感，而這種激素是懷孕女性才具備的。青蛙成本低廉，故在窮困年代較盛行，就靠牠了。

醫生取得女子新鮮尿液，用空針抽尿液注射入雄性青蛙背部皮下。關在水槽中數小時再抽驗牠的精液，在顯微鏡下如發現有青蛙的精蟲，表示「陽性」，即有懷孕。若無發現，則可以放心。

　　另外一法是將尿液注射入雌性青蛙體內，刺激之下，牠會在八至十多小時內排卵，那麼表示女子已懷孕。

　　不管是雌性或雄性的青蛙，都是經過實驗的。在牠們之前，被注射尿液的對象是嬰兒期的老鼠、未成熟的兔子——但排卵或排精的妊娠試驗，需要解剖，即是在殺害動物的大前提下進行，才可知結果。直到他們用上了青蛙，就只抽驗不必解剖，較為人道。

　　那隻驗孕後的肥壯青蛙，不能重複利用，牠受激素刺激，興奮大跳，醫生留來無用，便扔到街上了。不過時代進步，自從其他抗體檢驗法發明之後，醫生姑娘也不用忙於到市場買青蛙了。

　　而且我也認為青蛙驗孕受制於天氣，並不理想。因為在寒冷的冬天，食物缺少，環境不良，很多動

物，如蛇、蝙蝠、刺蝟、烏龜、熊、極地松鼠、蜈蚣、蝸牛、大多數昆蟲⋯⋯都會冬眠，青蛙是兩棲動物也是冷血動物，在氣溫下降時，鑽進泥土中，不吃不動處休眠狀態，避過嚴寒，直到第二年春天，才出來活躍人間。

女子不能擇時日懷孕。少了主角，驗孕無法進行，想不到是「季節限定」。

當然古老俗語只是個比喻，不過充滿民間風情又展現了實況——油尖旺街巷，即使再大隻的蛤乸隨街跳，免費的呀，誰也不會貪便宜撿回家煲田雞粥的。你想到牠們身上有尿液的「內涵」就倒胃，而且不知有沒有變異的毒素？有沒有後遺症？有人饞了抓走，大快朵頤？路人甲乙丙也竊笑：

「邊有咁大隻蛤乸隨街跳吖？」

是個揶揄的大問號。

百年前後的沉溺

　　青少年甚至小童，沉溺於網絡世界，窩在一角被小小物體綁架了，俘虜了，吞噬了，姿態長久不變，不事生產，不思上進，與外事外物隔絕，失去對生活學業事業及與人交往的熱情，整日宅在屋裏或躲在網吧⋯⋯

　　躺着玩手機情狀，與百年前人們躺抽鴉片，何止姿態有驚人相似，亦因失控失常同有惡劣後果。

　　有名 10 歲男童讀書成績差，只顧上網玩機，父親恨鐵不成鋼心理，管教嚴厲，小童竟離家出走（前已有兩次記錄），失蹤了六天。某日早晨終在一間網吧被警員尋回，他多日來旁觀人家打機，倦極瑟縮一角趴着睡，以曲奇餅充飢。父子重逢，小童馬上哭出來，表示知錯、後悔。焦灼奔波近一週的父親亦考慮改變一下管教方式。

　　以上看來是個正面的結局，也希望孩子可以「戒癮」。

　　但世上也有不少悽厲的家庭悲劇。苦勸上進不讓

他們上網？逆子會以摺凳硬物甚至利器襲擊父母，造成傷亡血案；也有夫妻離異，朋友絕交，成年人沉溺網絡世界痴痴呆呆，疏忽照顧子女，活活焗死在車廂中或爬出窗外墮樓身亡，餓死冷死的嬰兒為數不少，均「（手）機下亡魂」——同百年前眼中只有鴉片的廢人一樣，他生未卜此生休，還害人害物。

兩者均是「軟癮」，強迫性的惡習，沉溺其中，神馳物外，欲仙欲死，最終還是要命的。玩手機成癮的人，其大腦多巴胺受體中，有和吸毒者差不多的變化，以至快感，一旦成為奴隸，不能自拔。

說說鴉片（opium，阿片），俗稱大煙、阿芙蓉、福壽膏，還有人稱之相思草（自欺欺人過度美化）。製煉自罌粟果實的汁液，屬天然麻醉抑制劑：麻醉、鎮痛、有毒性。

作為毒品，用於抽鴉片的工具有煙籤、煙燈、煙槍等。一般將生鴉片加工，經過燒煮發酵，製成條狀、板片狀或塊狀熟鴉片，其表面光滑柔軟，有油膩

感，呈棕黑色或深沉金黃色。在火上烤炊軟後，塞進煙槍的煙鍋裏，翻轉煙鍋對準火苗，吸食燃燒產生那強烈香甜味的煙。癮君子初每天吸食十至廿次，重者百餘次。抽煙得躺在榻上，橫床直竹，一燈如豆，不知人間何世，為享此瘋狂幻覺之樂，吸者需紋風不動維持安靜之姿，讓快感在五內爆炸，迷醉而頹廢。

煙抽多了，癮深了，人會變得瘦弱佝僂，面無血色，目光呆滯，瞳孔縮小，長期失眠，行屍走肉，喪失先天免疫力。一張嘴就是黃黑的牙齒，一發聲便乾澀沙啞得如「雲遮月」——人也像遮埋在一層陰霾中。

鴉片在明朝時已出現在中國，列為藩屬「貢品」，作為中藥之用，名曰「烏香」，可見其異香確實迷人，帝后喜在深宮吸食鴉片，像明萬曆帝嗜煙霞，竟可三十年不上朝。

清初，英商鴉片流傳至烈，宮中帝后妃子，親王、郡王、公主、高級官員、文人名士，都吸食鴉片，全國上下，達官貴人以至販夫苦力，不分男女貧

富貴賤……深受煙毒之害，「萬事不如槍在手，人生幾見日當頭」。

有發人深省之聯：——

「伸竹為槍，屈鐵為刀，夜戰安排，硬捉生人為死鬼；玉壺作棺，銅盤作蓋，僵屍磊落，盡將黃土葬青年。」

富者吸窮，窮者吸死。多少人因鴉片而傾家蕩產，淪為乞丐、娼妓、盜賊……貧病交加，猝死街巷溝渠。我找到一輯當年女子抽鴉片的老照片，任你如花似玉青春少艾，躺在煙榻上的癮君子，實在衰、頹、慘、賤，如殘花敗柳，形容枯槁。

有錢的，環境許可的，都窩在家中過癮，抽得起。一般人只得去燕子窩——本來「燕窩」是珍貴食材，但「燕子窩」指煙販開設的煙館，多人聚躺木板床一起吸毒，像個「窩」。或說「燕」乃「煙」之諧音，且上癮後必須每天依時依候去上電，煙客如燕子回窩天天報到。環境雜亂惡劣。

百年前沈溺鴉片

百年後沈溺手機

機奴

不分貧富貴賤的"東亞病夫"

抽鴉片的女人

禁的照禁，吸的照吸。不少名伶明星，都染煙霞癖，晚清民國，京劇伶人抽大煙已是梨園陋習亦為風氣，一部藝人史就是半部鴉片史。慈禧是個戲迷，為免抽煙的名伶失場，她下旨准他入宮抽吸，只要戲唱得好，還派兩個太監替他裝煙呢。所以「奉旨吸煙」，國法也當兒戲了。

據估計，十九世紀八十年代，全國吸食鴉片者約二千萬人，到了 1929-1934 年間，意志消沉的毒蟲數目達空前地步，全國總計約八千萬人，佔當時總人口的 16.8%。燕子窩遍布全國省市城鄉，直如今日的機鋪、網吧、便利店。

煙癮難戒，網癮也不易——自力更生，自脫陷阱，才更有效。

但這得靠「覺悟」，浪子回頭金不換，網星回頭也是新人。

這是個現代「戒癮」者的故事：——

澳洲昆士蘭一名 18 歲美少女 Essena O'Neill，是

社交網絡紅星，她日夜機不離手，不斷更新分享自己所有生活細節。追捧者眾。

沉溺網絡的少女，每週都花超過 50 個小時泡在其中，費盡心思。「機奴」在這樣的生活裏，開始變得迷失，擔心，有壓力，過的日子像不是自己的，所作一切又沒甚麼意義，為了追求某些迷幻「數字」、點擊率、粉絲數量，泥足深陷。時間白白浪費，身體欠佳，生活質素低降──不是正常人過的日子。厭倦了，想通了。

她終於公告，放棄過去幾年虛幻的成績，結束了社交網絡，在現實世界中重拾自己的興趣和專長，面對新天。真是一天光晒！

──像不像砸煙槍銷煙土，毅然退出，回頭是岸？

難，很難！

但有人做到了。

透明可樂茶啡酒

　　日本最時尚的飲料是「透明」的——100% 通透無雜色，牛奶、奶茶、啤酒、咖啡、檸檬紅茶……當然也有一大批的橘子、芒果、白桃、梨子、草莓、日向夏蜜柑、蘋果礦泉水。

　　近日新產品是透明可樂。並不算太過驚艷，因非創舉，也沒咖啡或茶「忽然甩色」的奇詭。

　　可樂的「黑」是焦糖色素，走色後，透明可樂成份是「檸檬汁、碳酸水、香料、酸味劑、甜味劑、咖啡因……」，標榜零卡路里——不過喝來就像「雪碧」，搞了老半天才得出同門師妹的味道，可樂真唔抵。

　　雖然透明飲料顛覆世人認知和傳統概念，這會更健康嗎？可清腸胃減肥嗎？不見得，只新潮流行吧。

　　有宣傳影片介紹「透明法」，簡單而言是「蒸餾」原理，舉例：紅茶沖泡後帶香味的蒸汽，經冷凍管道冷卻成水，當然沒有任何色素——但這製作過程並不便宜，「整色整水」才賣百多日圓一瓶，廠方划

算嗎？

　　抑或，其實不過是在水中加上各種「口味」和「香氣」，令你以為就是它？日本人覺得上班時喝五顏六色的飲料有點不成熟，傻樣的，甚至上司也不大器重，因此透明飲料喝來較自在，真矯情，一定是廠方哄他們的。

　　我情願原色原汁原味的一杯茶，不愛過份加工。

「明星跌倒，
習朝吃飽」

大陸女星范冰冰陰陽合同及逃稅事件，神秘複雜，終以官方追繳補稅及罰款 8.84 億人民幣（約港幣 10 億）解決了。

之前「其弟」范丞丞是否被禁出境？監視居住？財務主管及前經理人是否遭扣查？除牽涉陰陽合同逃稅醜聞外有無秘密任務？因無公佈也無法治程序，只「在娛樂圈已傳出了一段時間」，又「關了一段時間」，諱莫如深的國家，所有曲折的事件都不離奇，傳媒與之通聯，手機已關或「呼叫轉移」。後來「已完成補稅及罰款」，放了。

最後便露面過活。

在此一役，大爆料大舉報（五百多人合同）的崔永元、堅持拍《手機2》的馮小剛和華誼兄弟、或以「武月很開心」被打響頭炮的范冰冰，一眾無可言勝，那「引人入勝」進入奇妙佳境的得益者，肯定是領導人和國庫了，掌握大堆腰纏萬貫逃稅名人明星製作人軍二代之黑材料，大整肅進帳不少。

誰不怕坐牢？更怕一夜之間，半生所得盡付東流，男的白幹了，女的白被睡了，過眼雲煙，有錢也享不了，知所進退，但求破財擋災。

大家看電視劇，讀歷史，知乾隆駕崩後，大貪官權臣和珅即被嘉慶帝逮捕賜死，抄家最震撼一幕，是他的財產共值八億兩，是清政府 15 年的財務總收入，時人稱「和珅跌倒，嘉慶吃飽」。

現今中美貿易戰，人民幣貶值，習大帝四方派錢顯擺立威……國庫空虛，幸好有「及時雨」幫補——時人或可稱「明星跌倒，習朝吃飽」。

范冰冰逃税風波

「八月堂」牛角包

"Croissant" 是法語，本意指「新月」。這小點是以牛油烘烤出來的層狀麵包，又稱牛角包、羊角包、新月包，或索性音譯「可頌」。因是酥皮的，「牛角酥」更名正言順。

牛角包的由來未有確切定論，傳說中是奧地利維也納糕點店的紀念作：1683 年，奧斯曼帝國軍隊夜間偷襲維也納，被當地摸黑起早的麵包師傅們發覺，拉響了全城警報，令敵軍偷襲失敗撤退，為了紀念這次勝利，師傅們把麵包做成了號角形狀。1770 年，嫁到法國的奧地利公主把牛角包正式帶入，更成為法國人最愛的傳統早點，浪漫的新月也代替了帶戰意的號角。

我也喜歡牛角包，在法國吃當然地道，世界各地都有，日本阪神百貨店地庫的麵包店，和阪急三番街都有此名物，遇上新鮮出爐馬上幹掉之，蜂蜜、牛油、小麥⋯⋯的香氣太吸引了。

某日在台北微風廣場，見到登陸不久的日本名店

「八月堂」。

　　排着長長人龍，每人限購一盒 8 個。小型牛角包有塗層或餡料：炙燒明太子、雙倍芝士、雪花檸檬、沖繩黑糖、蘋果、抹茶卡士達、香蒜……外層酥脆誘人（口味也不同），內層鬆軟細緻——但，一定得趁熱吃。

　　再好的牛角包耐不得冷落，一冷就韌，也有月落烏啼之感。

　　一切要「及時」啊。

西班牙「流星瓜」

近期吃過最清甜可口的蜜瓜，便是西班牙的「流星瓜」。見有些人稱「流星雨蜜瓜」，倒有點囉嗦了，裝萌。

對西班牙的印象：公園很多，巴薩隆那老城區的中世紀建築物、夏天極炎熱潮濕，還有，就是吃不盡的水果。我們不會特地再到西班牙，但若有當造水果運港，一定不會錯過。

世上有些美食城市被譽為「廚房」、「糧倉」，而西班牙必為「果欄」，一年四季都有吸引的水果：扁桃、水蜜桃、桃駁李、杏子、李子、草莓、梨子、無花果、櫻桃、四色車厘茄……葡萄品種奇特，有棉花糖提子、芒果提子、女巫提子（形狀像小尖椒，深紫色，與一般圓形的提子無法聯想一起）。非常香甜。

說回主角。西班牙瓜系列中，有金玉瓜、白玉瓜、沙寶瓜、蜜蜂瓜……最漂亮的是流星瓜，同日本、韓國和中國的哈密瓜相比，EI Abuelo de Los

Melones 意思是「爺爺種的蜜瓜」，個子不大，外皮光滑，黃色，上面有青綠色的雨狀花紋，個個不同；畫是「天工」，果肉淺綠色，清甜如糖。我們在日式超市買，售價不過 30 元，超值！街上的水果專門店當然貴些。

　　流星瓜搶手，吃過再去已賣光光——也真是一陣掠過的流星雨。

笨女惡母劣弟

　　江蘇有樊姓女子（37 歲），向媒體哭訴，指其母坐在門外，堵着不讓她們一家進出，一堵就是 8 個小時，直至體力不支送院。

　　樊女 9 歲時父親病逝，母親改嫁，誕下同母異父弟弟。此子質劣，才 20 歲出頭已在外拖欠了 100 萬元（人民幣，下同）巨債。

　　2017 年樊女因父親留下的老宅拆遷，分得物業和補償金，變賣後共得 240 多萬元。她幫弟還債，給母親和繼父 48 萬元作為養老金，自己存 100 萬——這樣的安排也情至義盡了。

　　以為可以安心，各有各過生活。豈料今年 7 月，母親上門要錢，無奈代弟還債 8,000 元。沒多久又再來要錢⋯⋯她堅拒當「人肉提款機」，於是母親堵門。樊女十分氣憤，在醫院當場作出驚人決定：

　　「為絕後患，我決定和丈夫離婚，把母親接來一起住！」

　　也真夠黐孖筋的了。讓我來分析一下：

（一）母親經常上門騷擾，令丈夫女兒的生活受影響，夫妻早已出問題。

（二）假離婚，把那 100 萬給了丈夫，讓惡母劣弟死心。但這很危險：丈夫有錢會另覓新歡。

（三）孝順惡母，一起過苦日子，她不需為不肖子還債張羅。

——但何必賠上自己婚姻？與母弟斷絕關係，與夫女攜款搬家，改善環境。誰欠債誰自己還，別再吃定了，又非親弟，沒門！

就是蠢！

「綠茶婊」和
姊妹們

宮鬥劇火拼，有人笑稱：

「看那些個綠茶婊！」

「綠茶婊」是網絡上老詞，本指 2013 年春，富豪（及富二代）在海南三亞舉辦荒淫肉慾的「海天盛筵」展覽會，引來一批嫩模參加，有人到處招搖炫耀陪睡 3 天便得 60 萬（人民幣）報酬，就看準大家笑貧不笑娼。

所謂「綠茶婊」，泛指外貌清純脫俗，實質生活糜爛奢華，以楚楚可憐之姿，掩飾拜金心計，靠出賣肉體上位。

——其實不管是古代後宮妃嬪，抑今日職場女性，都充斥綠茶婊，嫖客是皇帝還是波士（及波士的豬朋狗友）？都一樣。一步一步往上攀爬，以「綠茶」蓋「婊」態。

有綠茶婊當然也有紅茶婊，她們就比較坦率，不屑偽裝，老娘抽煙喝酒暴露濫交，怎麼着？婊的分類還有所謂奶茶婊、咖啡婊、龍井婊、菊花婊、觀音

婊、茶水婊、普洱婊、農夫山泉婊、羊雜湯婊、地溝油婊……雜七雜八婊。

這些信口開河的戲謔稱號，我們才沒工夫深究，反正是費時又無趣的口水詞彙，且肯定是男人取的。想不到一直流行到今天，也可見強國的「婊」無窮無盡。

也有所謂「雞，全部都係雞」，世道實況乃「婊，全部都是婊」——但為何要侮辱紅茶綠茶和各式飲品呢？它們做錯了甚麼？

「黑糖虎紋」
的點子

　　台灣「老虎堂」是家紅火的手搖飲品店，「黑糖專賣」為招徠，每日新鮮手炒，加上黑糖小火悶熬的波霸，又香又 Q。

　　他們主打的，是「虎紋」。本在台中開發，但很快已造成全台「黑糖虎紋效應」——底層是熱的波霸、黑糖（代替果糖），加入純鮮奶（代替乏味的奶精），還可免費鋪一層厚厚的奶霜，由於冷熱漸變層，須搖晃（15 下）或倒轉（1 下），呈現漂亮的紋理，如老虎斑紋，成為超濃郁超人氣飲品。招牌作台幣 55 元，人人買了先拍照，放上網，玩得很開心、滿足。

　　分店陸續的開，連香港銅鑼灣也有（一杯 30 港元？貴了些），還是台灣地道的便宜又好喝。

　　這老虎堂門前永遠有長長人龍。站前店在台北南陽街開張後，沒一天不是人潮，排上一兩小時。頭幾天見此恐怖盛況我也死心了，等到晚一點去，沒人龍，但「黑糖波霸今日完售」，只有小號珍珠，那不

完美所以又放棄了，下榻此區較方便，某日風雨人稀才快點到手，如此折騰特別可口呢。

波霸、珍珠奶茶是台灣最普及的飲品，大街小巷都見，為甚麼他們異軍突起呢？就是「意念」取勝，店名霸氣，虎紋獨特，而且質樸香濃，一個點子打天下，成功自有秘訣，抄不了。

但，漸漸有質素欠佳的流言，同類型的店號又參差，「潮流」總是會過的——起碼也潮流過。

老虎堂

沒吸管怎麼喝珍奶？

　　看台灣各界為了珍珠奶茶——的吸管，爭議十分熱鬧，我覺得很弱智。

　　台灣環保署在 2018 年中已正式預告，4 大類業者「限用一次性塑膠吸管」的政策草案，2019 年 7 月起推行「限塑令」，影響到珍珠奶茶那大口徑吸管之品嚐情趣（也是特定而必需的工具），大家都質疑，沒吸管怎麼喝珍奶？

　　珍奶是台灣民間特色，最具代表性，中港澳就沒份，都是台灣流傳到世界各地的，美國印度非洲⋯⋯都有愛喝的人。原來紐約還在時代廣場舉行過珍珠奶茶節呢。

　　環保署官員面對市民的質疑道：「沒吸管可以用湯匙喝！」似在賭氣。

　　還有個林姓民進黨立法委員出來護航，表示她十多年來都用湯匙喝珍奶，「沒有天地要毀滅」，輿論反感、熱議、打臉。連小英總統也很不以為然（她當時拎的就是一個燈泡形盛器的珍奶，笑得我，你用湯

匙舀舀看！）。

官員立委都是離地「豬隊友」，政策出來沒後着，沒配套、沒解決辦法，還以幼稚言行護短？莫名其妙。

大家想不到，何以「限塑令」那麼死？非要扼殺台灣小吃特色？不開一扇窗，卻還討論、斥責、互扁、硬拗，小事炒大，浪費精神時間和公帑，口水大戰？都是江湖歷練的政客了，不羞愧嗎？

一菜一根《菜根譚》

　　看壹週刊網上版的「每日一爆：超人家族起名秘笈」，很有趣。

　　李嘉誠已公告退休，由長子李澤鉅接掌帥印。雖經歷過長和系列重組，長實（1113）英文名為 CK Asset Holdings Ltd，但中文名仍沿用 1972 年上市的「長江實業」金漆招牌。

　　超人對「長」字情有獨鍾，替子孫改名都別具心思。看娛樂版，梁洛施為李澤楷誕下長子，爺爺改名「長治」。後來的雙胞胎就沒甚麼消息了，梁終未能入門，外傳得到 × 億元分手費。

　　至於李澤鉅兒子 Michael，中文名是「李長根」，有點老土，應是「長實之命根」吧。其姊姊則名為「李燕菜」，燕菜即燕窩，但女子喚「菜」？涵意不明。

　　——其實一菜一根，可以合著《菜根譚》以警世。

　　《菜根譚》是架上隨手掀翻之書，明代萬曆年間

菜根譚

菜根譚題詞

逐客孤踪屏居蓬舍樂卑方以內人遊
不樂與方以外人遊也安卑于古聖賢
置辯於五經同異之間不安异二三小
子過跌于零丘變幻之麓也曰卑漁夫
田夫朝吟唱味於五湖之濱綠野之坰
承曰卑競刀鑷榮升于杳支僻捋情於

洪應明著，糅合儒、釋、道三家思想，並結合自身經驗，論述修養、人生、處世、出世的語錄結集，上下卷，359 篇。信手拈來一些：——

「得意須早回頭，拂心莫便放手」、「退即是進，與即是得」、「作事勿太苦，待人勿太枯」、「種田地須除草艾，教弟子嚴謹交遊」、「臨崖勒馬，起死回生」、「弄權一時，淒涼萬古」、「寵辱不驚，去留無意」、「萬事皆緣，隨遇而安」……

網紅搵食鴛鴦

看動新聞，某豬扒女透過交友 App 搵「飯腳」，以靚女偽照撩仔騙食貴嘢，與 cafe 打龍通，賺回佣。

這又算得了甚麼？尊貴的立法會議員周浩鼎，在調查 UGL 事件中還不是與６８９打龍通？

豬扒女約飯腳，一晚走上 11 轉，被傳媒踢爆後，粗口相罵還神隱兩週。再出動的 Karen 仍很勤奮，輪流約 7 男撐枱腳食足 7 餐，難怪更加發福。此亦走走糴糴奔波勞碌之體力活，雖然宅男好騙，但每餐回佣數目不大，只得密食當三番。

另一光頭男就好 cheap 了，光天化日之下，飯市繁忙時段，他趁不少客人埋單收銀員忙着找錢時，博大霧叫咖喱牛腩飯外賣，拎張銀紙掩映後快手收回袋中，卻堅持已經付了 500 元，兌收銀員找錢，幸好她醒目，說睇番閉路電視，光頭男心虛走夾唔啪。事件曝光後不少食肆指認，原來光頭男以同樣手法呃勻港九新界，好些餐廳把 CCTV 截圖列印示眾，他竟全無羞恥之心，已行騙數年。男人老狗不務正業，大茶

飯吃不起，呃找贖還害人（收銀員要賠的），真賤格！想騙 500 元？向７７７乞啦，她一定隨手就拈出來。

　　豬扒女、光頭男，在這網絡暢通年代，很快便被人肉起底，成為網紅搵食鴛鴦了。

鋒包好難食

　　麥記新推出「安格斯煎蛋肉醬包」，找謝霆鋒互動。

　　宣傳紅火——但視頻和照片是假象，貨不對辦。

　　人人都知示範單位永遠幸福美滿，誰也自動打個折扣。一個包而已，請明星代言，宣傳費當然轉嫁消費者，此乃定律，鋒包套餐四十多元，比其他套餐貴，問題是，不好吃。

　　別看宣傳照豐盛、飽滿，但到手的鋒包，醬汁好混沌，一片生菜、肉醬份量不多，本是餐廳下欄嘢，但用作「主打」？沒肉味（分不清是牛是豬），香料重手。那個煎蛋好老，還附送小塊蛋殼，我最怕過硬的蛋黃，如一嚿膽固醇，吃了蛋白就別開。那堆配料勉強報銷，還剩下大半個散修修的包和乾爭爭的牛肉，sorry，我啃不下。

　　以為自己要求過高？當下廣發訊息：「有冇人食過鋒味安格斯煎蛋肉醬包？得唔得？」

　　收到一眾回覆，一半人沒吃過或不想試，一半人

負評，最高評價是「麻麻」。

　　是真實反映，沒注水也沒「礙於情面」。

　　麥記對我來說好處是方便，寫作人晨昏顛倒或看完電影找個地方聊天，打風落雨年初一都 24 小時服務，松露蘑菇安格斯也 OK。霆鋒食腦夠 chok，我們可不是王菲栢芝，未能 chok 色可餐──旨在試新嘢，不過鋒包好難食！

現實

宣傳

FIVE GUYS

　　我不大喜歡漢堡包，沒得選擇或偶然一頓，且自從上回嘗過鋒味安格斯的煎蛋肉醬餡料，太難食已不再嘗試。

　　近來有好些美式漢堡攻港，國金中心商場 Shake Shack 還可以。每回經過灣仔（書店和出版社就在附近），莊士敦道黃金地段食肆很多，試之不盡。「快餐店」也見長長人龍？

　　好奇，但次次都怕排隊而路過算了，問同事們，誰付得起時間？所以都沒食評。

　　這美國 FIVE GUYS 漢堡專門店在港開張，據説連前總統奧巴馬也曾給 Like。其設計裝潢，鮮紅色特別引起食慾，餐牌簡單明確，自 1986 年在維珍尼亞州起家，至全球逾 1,500 分店，經典口味只售 5 款食物：單層漢堡、雙層漢堡、熱狗、薯條、奶昔。果然堅持。

　　終於有一下午，見人龍稍短（但也排了半小時），光顧最貴的雙層煙肉芝士漢堡（$95），有 15

款免費配料供選擇，堆起來賣相一般，但甚為豐盛，這豪奢 burger，肉汁及餡料美味可口，店內還有香脆花生供等待時任食，若加薯條飲品，真是飽到唔識郁。下回要單層就夠了。

　　朋友回應，大都在紐約或倫敦吃過，好評。香港人吃的較少──但排隊苦候飢腸轆轆誘惑大，每令食物加分。

甜品「瘦馬」

　　路過銅鑼灣「千両」，見有日本九州大分縣食材料理，如關鰺魚刺身、柑橘鰤魚（以柑橘餵飼魚肉有清新果香）、牛油燒七彩緋貝、大分特選鍋⋯⋯我們受不住誘惑，改變主意來此。本來想吃煲仔飯，但天氣又未冷——總之為食多藉口。

　　除刺身壽司燒物外，原來還有特別甜品：「瘦馬」。

　　一看，只聯想起揚州瘦馬，那是明、清揚州煙花女子的辱稱。揚州是從前兩淮（淮南淮北）鹽商聚居地，富裕奢華，與皇家不遑多讓，富商尋歡作樂，自有變態心理性追求。

　　妓院中的龜公老鴇（牙公牙婆）以低價（十餘貫錢）買來貧家稚女，她們瘦弱卑微，三寸金蓮，但面貌姣好，買後「養瘦馬」，加以培訓，授以琴棋書畫歌舞技藝，長成後賣予富人作妾或入秦樓楚館接客賺錢，這些病弱瘦馬不當人看待，只是牟利工具。當時全國以揚州養瘦馬之風最盛，富商都愛摧殘蹂躪苗條

弱女，不喜「豐乳肥臀」。

　　如今見「瘦馬」竟是甜品？好奇一試。

　　它是大分代表性鄉土料理之一，以地道食材製成，麵粉加入鹽巴揉成麵團，再以手拉成薄皮狀，這「平烏冬」煮好灑上黑糖和黃豆粉而成。雖有特色，但不「瘦」，我反而較愛蕨粉餅或葛粉條之類冷食甜品。

紅包、白酒、人命

　　香港不時爆出校園醜聞，如幼稚園總監偷拍女教師沖涼或小孩如廁、教師猥褻或虐待學童、師生不倫之戀⋯⋯幼兒院幼稚園小中大學都有，在法治之區，當然報警，以免姑息養奸。

　　但在中國大陸不一樣，是報警無用，還是為了孩子，家長忍氣吞聲怕遭報復？

　　湖南衡南縣清泉學校，一15歲女生（化名「木子」），遭胡姓數學老師猥褻，她在哭時胡男強行抱住木子：

　　「你別哭，你是我的寶貝！」

　　愈抱愈緊，還將嘴巴貼在女生臉上。

　　事件火速被揭發，校方以嚴重違規解僱之。沒有報警，不知還有沒有其他受害者。而解僱後賤師可轉教其他學校，不必為此罪行付出代價。校方也沒道歉。

　　最離奇的，是木子父親非常感激校方的處理方式，特別邀請學校領導吃飯，飯局中他和兩名領導共

飲白酒約一斤二両，這位慈父突然身體不適，送院搶救後不治身亡！

　　大陸是個「紅包」加「白酒」的國度，上下打點，須打通關節，少不了送禮送紅包討好，明明己方受害，不了了之，竟要請吃飯喝酒道謝？那些「領導」又厚顏享用去。試問這種腐敗淫褻之風下，孩子怎會安全？

　　陰謀論：校方會不會有深不可挖的內幕，涉案不止一人，於是父親被「醉死」？

不如互餵川貝枇杷膏

　　一雙六旬男女被發現昏迷於灣仔利景酒店房間內。救援人員到場，證實男事主當場不治，女事主昏迷不醒，送院搶救雖回復清醒，惟情緒極不穩定……

　　這雙黃昏情侶各有家庭，原為小學同學，沒有聯絡。3年前在聚會中重遇，相逢恨晚，之後定期見面，愛火燃燒，不倫之戀承受巨大壓力，亦遭兩方家庭成員揭破，不容於世，二人相約自殺殉情。警方在房間內找到烈酒、已全吞服之安眠藥空盒、不明液體、未開封牛肉刀、滴露、漂白水，及女事主留下的2封遺書……

　　情侶協議殉情，圓滿結局是求仁得仁，雙雙化蝶，一方死去一方獲救最遺憾。當然，大概一千萬人之中，才有一雙梁祝，才可以化蝶。其他的只化為蛾、蟑螂、蚊蚋、蒼蠅、金龜子……並無想像中之浪漫和美麗。苟活下去的，度日如年，還得面對官司。

　　命案成就了今期潮語：「小學同學會」。有人如驚弓之鳥：「搞到我連小學同學會都唔敢去。」怕與

《胭脂扣》劇照

小學同學愛火重燃？受不住壓力雙雙殉情？

　　說真的，江湖打滾的我們都不大記得甚麼小學同學了，或者純真可愛是最初的戀慕，但已一把年紀了，何必走上絕路？可以私奔、租住隱密愛巢有暇相聚、邀遊四海、到外國同居拍拖睇戲唱 K 上酒店開房交誼（無謂搞到利景咁麻煩）……閱歷不淺，辦法總比困難多，有時間有心有力有錢，又何來困難呢，得顧及家人感受啊。

　　愛情沒年齡、階級、智愚……所限，殉情亦非罪惡，但照片、fb 帖文……統統見報，被起底，值不值？

　　大律師指出，雖自殺本身在香港不屬刑事罪行，但若雙方相約並彼此鼓勵、教唆、煽惑、協助實行該計劃，一旦一方死亡，生還的有機會被控以謀殺、誤殺、協同自殺……罪名。

　　此案如《胭脂扣》般一生一死，男方亡魂會不會上來尋找就不知道了，我只知買藥餵鴉片的如花死

去，倖存的十二少沒被檢控。而本人那「煽惑他人煽惑……」罪肯定中！這冤獄會判多少年？

當我動筆煽惑如花煽惑十二少殉情時，故事背景是二、三十年代，沒想過生還者會被控謀殺、誤殺……而且那時名妓愛吞生鴉片自殺，唾手可得又凄艷。雖然，片中如花餵十二少的是川貝枇杷膏「扮」的（扮得好似！）──黃昏之戀，互餵枇杷膏潤肺止咳養顏，總好過烈酒加安眠藥。

＊　　＊　　＊

（後記：2019 年 6 月，還押大欖女懲教所候審的女被告，因器官衰竭在公立醫院病逝。法律上不會追查或控告，案件終止，黃泉相見。）

「玉女煎」的疑惑

「玉女煎」，名兒多好聽。

還以為美容護膚保青春的女性良方——殺風景！它是治牙周病的。

此乃相當普遍的口腔疾病，本港約有20%患者，因細菌感染、潔牙不善、吸煙而致。牙齦炎、牙齦紅腫、易出血、牙石積聚、牙痛、口臭……的症狀亦令人困擾。大部份患者均會選擇以西醫方法治療，港大牙醫學院花上一年時間研究「玉女煎」療效，經廿五名患者參與實驗，發現此藥可增強牙槽骨密度及有助復原。

仍在研究階段的方子，成份有黃柏、葛根、知母、骨碎補等。前三者較常見常用，功效是瀉火解毒，清熱除濕，滋陰潤燥，但那「骨碎補」較少見，聽起來還像武俠小說中奇藥，連骨頭碎了也能補？就如「續斷」一樣，充滿自信驕傲。

一查，「骨碎補」是水龍骨科多年生附生蕨類植物槲的根莖，呈扁平條狀，常彎曲，表面密披棕色

針形小鱗片，邊緣有睫毛。體輕，質脆。可治跌打損傷瘀腫耳鳴牙痛等症。蕨看來軟弱，根莖亦非「硬淨」，不過此藥原來可促進骨對鈣的吸收，因提高血鈣血磷，有助骨折愈合，才應用到牙齒上。

仍然不明白，喚「強齒煎」、「補骨煎」、「瀉火煎」都可以，與「玉女」何干？

或者是當年某大夫給他那可愛的小美人（情人眼裏出玉女）治療過？

超市中「棄嬰」

　　C 從上海買了個網球拍似的金華火腿，真空包裝帶回香港。送了我一大塊。做甚麼好呢？

　　冰箱中有鹹肉和百頁，上次用不完的食材，便想弄一個湯。火腿鹹肉百頁外，再買些豆卜、大豆芽，還有豆腐。我喜歡街市的板豆腐，略硬才有質感，誰知開會晚了，街市的豆腐賣光了，只好光顧超級市場的盒裝硬豆腐。在那專櫃，竟見有火龍果和檸檬。我很奇怪，問：

　　「怎麼你們的水果與豆製品放一起？」

　　店員忙收拾好，道歉：

　　「對不起，這些是『棄嬰』。」

　　一聽行內術語，失笑。

　　它們原是顧客挑選的心頭好，不想要了，又懶得放回原處或交櫃台處理，便隨便扔在某些角落，神不知鬼不覺，揚長而去。

　　超市常見胡亂擱置的貨物，凍肉附近有餅乾、飲品專櫃發現壽司……最可惡的，師奶們還把只限場內

使用的手推車和貨籃推到電梯口或外頭馬路才遺棄一旁，完全漠視通告勸諭。

這些人貪圖方便始亂終棄，店方難以察覺，察覺亦難以「教育」，小孩有樣學樣。現今社會四下「棄嬰」（人或貨）日多。

狠心父母製造「棄嬰」是私德有虧，超市中「棄嬰」則欠缺公德。全屬「身教」。無話可說。

「首烏」姓「何」？

朋友們拎着有關烏髮健髮的材料配方問：

「為甚麼一些寫『首烏』一些寫『何首烏』？藥材也有姓嗎？」

「還有，這個用『何首烏』那個用『製何首烏』？有甚麼不同？」

我當時不甚了了，先應付着：

「製過便加『製』字，至於藥材何以有姓，不知。」

大家常在藥丸和洗頭水廣告中見此大號，有養精血補肝腎烏鬚髮功能，但「首烏」姓「何」？真有其人嗎？

傳說唐時有姓何名田兒者，生而闒弱，年五十八仍無妻無子。慕道術，隨師上山，見有藤二株，苗蔓相交，久而方解，解了又交。遂掘其根，後有山人識者着他服用這神仙之藥，研末以酒送之，及後添量，舊疾皆癒，身強力壯，髮烏容少，十年內生數男，自改名「能嗣」。又讓兒子「延秀」服藥，皆長壽。孫

兒「首烏」服後多子，壽一百三十，至死髮猶黑。所以原本喚「交藤」的奇藥，以「何首烏」為名流傳後世。

何首烏為野生蓼科植物乾燥塊根，以河南、湖北等地所產者質量較佳。呈團塊狀或不規則紡錘形，紅褐近黑，質堅實，生首烏可截瘧潤腸解毒。

至於經過用黑豆或黃酒或水蒸煮的，便是製何首烏，酒製之後更益補精血。二者性能是有分別的。

盒飯中的蜈蚣

　　在中國大陸較偏僻地區開會或開工，放飯時都吃盒飯——我一直不太愛吃，情願泡方便麵或在外頭來碗麵。

　　因為多年之前的陰影。

　　雖然日子已久，但總記得某回放飯，其中一位員工一口一口舀着吃，忽然他舀到一條蜈蚣，已煮熟，但一百幾十對腳，歷歷在目，他肚子餓，又見怪不怪，把蜈蚣撥到一邊，繼續吃飯。

　　——我有點反胃，大伙的膳食同鍋分配，多少也沾到。當然，眼不見為淨，根本沒見着，永遠也不知道，何來恐怖感？再說，世上有些人專門用牠來治病，以毒攻毒，主攻痙攣、瘡瘍、腫毒、瘰癧、頑痛。除了蜈蚣，蠍子蟑螂蟾蜍也有人吃。若吃上了早前在商場展出的巨無霸「犀牛蟑螂」，大如半隻成人手掌，重 35 克，身價高達六千港元呢。

　　忽記起這「陰影」，因報載，江蘇南京一名男子買燒餅充飢，吃到第二口嘴巴被螫，赫然爬出一條

長約十厘米的蜈蚣，由腫脹劇痛至麻木的過程才一剎
那，男子為保存證據，強忍拍攝，報警送院索償，最
終獲五百元醫藥費。

　　回心一想，遇上死去的蜈蚣比活着的幸運。還
有，那盒飯的發泡膠盒筷子匙羮牙籤，所含添加劑漂
白劑和致癌物質，說不定更毒。蚤多不癢，毒多不
懼，就是這樣吧？

「福袋」未必合心水

　　日本「福袋」風俗本來是店方和客人兩情相悅的關係。每年元月一二三日，店方把一批未脫手的貨品大折扣大傾銷，客人以超值之價搶購一袋並不十分了解的禮物。「福袋」肯定撿到便宜，一般由￥1,000—￥150,000都有，更貴的數十萬日圓？極過份，似「豪賭」吧？

　　歲末，坊間已見一本本的《福袋完全調查手冊》之類專書出版，詳盡介紹哪家哪些貨品，像衣物、鞋靴、玩具、手袋、圍巾、攝錄機、電器，甚至酒店宿泊券、和服、機票、車子（得經過抽獎）。

　　「福袋」文化尊重它的謎團。一早揭盅，便無意外驚喜——

　　但不預知，又怕得物無用，很矛盾。但凡志忑難明之物，皆矛盾。至於那批手冊實無聊之作，「福袋」多是限量，而且客人一早排隊等開市，輪到閣下，那研究心得根本不管用，配給甚麼是甚麼了。

　　日本人或許遵守遊戲規則，曾見香港日式百貨公

司的「福袋」，被肥師奶或中國大媽一個一個拆開，初則偷窺內容繼而左翻右抄，那「謎團」便喪失意義。

我們愈來愈不相信，付出少許代價可以贏來超值收益，其中必然有些是不合心水的浪費品。

我們也愈來愈清楚自己「要」的是甚麼，故無奢想，對「福袋」不再熱衷。

藍

　　「藍」，其實是一種悲哀的顏色──起碼惆悵。

　　「魂斷藍橋」、「雪擁藍關馬不前」是意象。「青出於藍勝於藍」，那青當然歡快得意，藍便被背叛了。「藍領」因工廠制服常用藍布製成，比白領低一級。一個病人臉色發白發青，沒有變藍嚴重，中了劇毒，那藍色恐怖得難以形容。

　　「Blue, blue, my love is blue......」我的愛情是藍色，哀傷的曲子也就是「藍調」。情緒低落、沮喪、慵倦、不想工作──一念到星期一要上班？痛苦的 Blue Monday。

　　有些像「藍本」、「藍圖」、「藍皮書」、「藍鯨」、核對最後階段「出藍樣」、「藍莓冰淇淋」等，比較沒感情。「藍田種玉」美，衛斯理的「藍血人」富戲劇性。我愛「藍山咖啡」，但對「藍芽技術」幼稚。還有白宮「藍草坪」、「藍精靈」、「藍十字保險」。

　　想了一大堆，因為忽然流行的一個名詞：blue

blood。英國皇家貴族血統不以紅、金為譽，可見藍有它的氣度。

中國也多貴族後裔，北京、上海、南京⋯⋯但文革十年，隱伏成了一群「藍螞蟻」──當同金錢物質脫鈎時，才彰顯了優雅、沉鬱、高尚、深遠的精英面貌和文化。這是説不出來也不必説出來的。

來杯香醇「藍山咖啡」，牙買加的。

對木子感恩的一族

究竟世上中國人以哪個姓最多？

有一回看到大陸研究報告，說是「陳」、「李」之爭。這有甚麼好「爭」呢？人多就勢眾嗎？也許表示這一氏族努力繁殖，生命力強。李氏有很多名人，我也可以攀附驕傲一下——不過，追溯祖先，原來活得非常艱辛。

我們在介紹自己姓氏時，習慣說是「木子李」。

最初最初，始祖不姓李，姓理。

皋陶是古時掌管刑獄的理官，故以官職名為本族姓氏。商朝末年，殷紂王暴虐無道，沉湎女色，諸侯反叛，百姓怨恨。皋陶後裔理徵忠心敢言，但惹惱紂王遭殺。妻子帶着年幼兒子理利貞倉皇出逃，走到伊河流域一故城遺址，母子飢渴疲憊，小利貞奄奄一息。

母親步履維艱找食物，終於發現樹上殘留一些果實（即是木子），驚喜之餘以此活命。為了避世，定居、改以「木之子」為姓。至今三千多年。

追溯源流，有一種卑微但寬闊的啟示。人很脆弱，在生死面前沒甚麼大不了，保命的正是名利物慾以外，不起眼的東西。

　　我們感恩、紀念，世代不忘本，這是做人的基本原則。

　　我很喜歡這個故事。

街　頭

「媽咪，我很累呀！走啦。」三、四歲的小女孩用力扯着母親的手。

「看完才走。BB 乖，這是媽咪最鍾意的人呀。」

小女孩嘟起小嘴：「你不是最鍾意爹哋嗎？」

母親把 BB 抱起。相當重了，不再是「BB」，母女二人便在路人圍觀的街頭，共度了一段緬懷的辰光。

有人抱，她不再扭計，便問：「是誰呀？」

「看，這個是哥哥，這個是梅姐。」

銅鑼灣最熱鬧的街道，多間店舖都有台大電視，不斷播映新鮮出爐貨品以招徠。這在特定的悼念忌日，當然是阿梅的 VCD 了。有很多版本，當然已是「舊」的了，〇二年的「極夢幻演唱會」，收錄兩首與張國榮合唱的《緣份》和《芳華絕代》。

母親一定是超級 fans 了。少女時代，在他倆的歌聲中成長。「感歎」和「欷歔」都是二手的，並不滄桑。平凡的少女哪有傳奇？遇到意中人，結婚生子，

114

供書教學柴米油鹽。

　　而那娛樂過滿足過她的巨星，征服舞台征服人心名利雙收，卻敵不過天意，2003 年一年內相繼大去（張在 4 月 1 日，梅在 12 月 30 日）。他倆嚮往的，也許是回歸平凡的幸福吧？但，俱往矣。

　　「好了看完了。BB，我們回家煮湯圓給爹哋吃好嗎？」

　　「我要紅豆餡！」

詞彙貧乏

　　最怕看那些美食節目，主持人只得一個表情三句對白：——

　　「唔——好好味呀！」

　　「口感不錯！」

　　「正！」

　　只求交差，簡陋沈悶。今時今日，原來台前幕後各方面仍無寸進。近日看一個推介海膽的節目，主持人不斷重複把海膽「高空擲物」般扔進朝天張開的嘴巴，之後又不斷重複：

　　「嘩！好甜呀！」

　　「好鮮甜呀！」

　　「好清甜呀！」

　　像不像幼稚園牙牙學語？網絡火星文算了，一般普通的量詞，只是一個、一隻——忘了漂亮的中文曾有一頭、一尾、一條、一匹、一口、一團、一束、一把、一絲、一撮、一丸、一攤、一摟、一綹……

　　一個人「好開心呀」，還可以歡愉、欣悅、快

樂、雀躍、眉飛色舞、抓耳撓腮、笑不攏嘴、狂呼亂跳、拍手稱快、如沐春風、年輕十載、如獲至寶、心花怒放……

詞彙貧乏，文字亦不耐看。中國大陸那些簡體字早已失卻中文微妙的美感和內涵，還強制不准出現繁體字？簡直淪落。

喝掉他的洗澡水

前曾看過專題紀錄片《歌舞伎藝》。

日本最著名「女形」，歌舞伎中反串女角的坂東玉三郎（1950～），當時年近六十，上妝後還是嬌嬈優雅。靜中常坐下看窗外蒼鷺，蒼鷺比他還靜，總是一動不動，觀察很久才捕捉姿態，成就舞台上《鷺娘》的表演技藝。表達了蒼鷺精靈幻化女身的愛意、嫉妒、痛苦、死亡。演了數十年，是女形藝術顛峰，也是玉三郎代表作，觀眾暈浪。

歌舞伎藝人不受年齡限制。六七十歲，一上舞台，觀眾相信他們營造出來的幻覺。

節目中還有菊之介、雁二郎、團十郎十二世。聽來好有趣，乃由團十郎一世、二世、三世……父傳子，至今十二世，可見歷史滄桑。他的身子年輕俊朗，市井新之助，很紅，為了現代化，演過電視劇《宮本武藏》，吸引更多新一代戲迷。不過一到了與父同台演《連獅子》：大獅教小獅生存搏擊自保之道，馬上回復前輩膝下的小孩。

歌舞伎圈，是個講階級輩份，尊師重道，重藝重情的小社會。

　　從前戲迷瘋狂傾慕某一藝人，會高價買下他的洗澡水，瓶裝珍藏──甚至喝掉。

　　今日的追星族，是否一樣癡？不，現代粉絲，都是「陳世美」，說變心就變心。

「斷奶」、「斷根」

　　見中國大陸男人在議論：「公安應否為『包二奶』事件出手？」

　　奇怪。清官難審家務事，除非牽涉刑毀、傷人、謀殺，否則他們哪有權力管人包二奶？

　　大陸男人嗜腥指數極高（哪個地方不是？），大官還開合作社同樂會似的共享二奶，小小公安出手？吃不了兜着走。何況公安們本身也包二奶，其身不正，斡旋無力。

　　有人認為，包二奶包三奶……視能力而定——中國男人是不易「斷奶」的。

　　有人認為，不「斷奶」，就怕女人來「斷根」。

　　斷根二字，是女人無奈的出路：——

　　可忍則忍，不可忍則狠，斷根手起刀落，痛快！讓他終生成為素食者。但自己卻因此犯罪，身陷囹圄，付出代價。

　　另一斷根法，便是斷了情根也罷。

　　他已變心，情隨風逝，言而無信，一切承諾當然

不認帳，還吝於繼續照顧。遇人不淑，只好揮慧劍了斷，還勞公安這些外人出手？

女人沒轍，因長期依賴，或太拿他當一回事了。常常搬到電視節目中討論？這點，一切公眾的同情都無用。

瞧不起「啃老族」

經濟不景，失業者眾，很多人淪為「啃老族」——這個「啃」，總有點囓骨吮髓吸血的畫面。

「啃老」是依靠父母，吃老人家的根。

上海繁華大都會，就有近四成失業青年甘當「啃老族」，他們在 35 歲以下，知識和技能與企業需求不符，找不到「喜歡」的工作，或吃不了苦，索性賦閒在家吃長糧。日本的「啃老族」，據統計以百萬計。

今時今日的年輕人是否更窩囊不說了，最厚顏的，欠缺責任感。如果一時救急，應付過日子，忍辱負重，積極備戰，還是值得同情的，畢竟人生並非坦途，人浮於事總有起跌成敗。問題是，一旦啃了，就天長地久啃下去的人，漸漸多起來，甚至不覺得羞恥。

本城就有厚顏「啃老族」，不好好工作供養老母親，反而一天到晚去爭遺產，情願開檔乞錢求人施捨也不打工？為之駭笑。

近年中國大陸通過了《老年人權益保障條例》，如果子女再「啃老」，將面臨處罰甚至判刑，老人也會不忍心，姑息下去⋯⋯

　　從小投身江湖，勤奮向上，自力更生的人，以「好仔不論爺田地，好女不論嫁奩」自豪，絕對瞧不起「啃老族」之懶洋洋，沒骨氣，欠承擔，賤。

吃飯還得靠自己

　　美國拉斯維加斯賭城，養活很多人。他們也活得很開心似地。有一名賭徒，自 18 歲起便沒正式工作，只在賭場出入賺一點錢，夠過便可。「開心」的定義是：「每個月幹活 2 天，然後享樂 28 天，或 29 天。」

　　看到不免羨慕。並非蛀米大蟲，當然也沒人給他米去蛀。並非不幹活，只是「少勞多得」──我們辛苦，是為了以後可以「做少些，收貴些」。不過生活逼人，豈能如意？終於亦「多勞多得」吧。但可勞可得，已屬幸運，幸福。有些人勞的機會也沒有。

　　看台灣大小選舉，十分豪奢，資深藝人、名嘴都從中得到利益輸送，藍綠惡鬥之時，挺這個挺那個，塵埃落定，同志們歡宴。但她道：

　　「吃飯還得靠自己。」

　　──靠藍靠綠、靠左靠右、靠中靠洋、靠吹牛靠拍馬、靠抹黑抹紅抹黃……總之這些都不大可靠，最多不過好好吃一頓或幾頓。過後吃的每一頓還得靠自

己。

　不是跟在誰的後頭，就長期衣食無憂。沒這回事。

　靠賭維生？冷暖飽餓自知，文首那位看來無憂的賭徒，原來與人打賭 10 萬美元去「隆胸」——沒錯，他在雙胸植入矽袋，成為 C 級動盪乳房。後來懶得取出來了，一直保留着，每年可多得 1 萬美元獎金。男人打這個賭算變態嗎？不拆彈，他是靠此吃飯了。

「春爛漫」

航機上有香奈兒的四色櫻花潤唇彩，數千甚至過萬日圓，「國內未販賣」難怪吸引不少女士。既是免稅品，又屬限定色，十分嬌艷，作為「觀賞」用，也心花怒放。

它的宣傳是「飛行機中春爛漫」。

日本最常見的詞兒，便是「春爛漫」、「櫻爛漫」、「點心爛漫」……米酒的牌子乾脆喚「爛漫」。連畫展，也是「爛漫、滿開」。

中國人形容小孩「天真爛漫」，有種原始的可愛，不理俗套，放心地幼稚吧。一旦長大，就失去這權利。

不過日本人喜歡光輝、燦爛、熱鬧、色彩豐富。此詞反而是在有限的時間空間內盡情任性，帶點悽艷和無奈。總與天氣、季節、大自然、花……有連鎖關係。

尤其櫻花盛放的日子，一切以之為中心。蛋糕、果子、冰淇淋、紅茶、冷飲、便當、風呂入浴劑，皆

紅粉緋緋。

　　只在賞花之地，才可買到含櫻花櫻葉的櫻薯片，那麼惡俗的零食，也逃不過。而大部份甜品中「櫻花之味」，不過是調出來的甜味，聊以應景。疑似櫻花——沒有人知道它的真正味道。

　　「爛漫」之後，便是凋零。

　　在真假之間，開謝之間，彩色與黑白之間，春天悄然作別，不止味道，連情懷，也無法追認。

紅頰和淡雪⋯⋯

2019年初，日本全國感染流感者超過百萬人，我是其中之一，為甚麼身邊的人沒事，就我中招？並非幸與不幸，而是此刻個人抵抗力弱，撞到正。也得檢討一下，補養一下。

過去恃着自己轉數快，反應快，決定快，所以比較「急」和「衝」，這是一種「消耗」──記得曾如此教訓J，但其實應該自我教訓。

正好流感頭重腳輕，所以一切放慢點。為補充維他命C，那天到地下街買水果，大家分頭shopping，逛了一陣，原來戰利品除了白柚、蜜柑，必有士多啤梨。

在日本當地就太便宜了，且都新鮮、嬌艷、飽滿、香甜。大家搞個士多啤梨盛宴，吃到盡。我道：「本病人現在緩慢化：慢行、慢說、慢想、慢食、慢嚐。」以往一口幹掉的，如今分開兩三口，有氣無力。

每年12月至翌年4月，是日本士多啤梨當造期，

日方產量及銷量堪稱「世界一」。誘惑除了顆粒大而完整、香甜多汁、色澤艷麗外，還有名字也特別優雅、漂亮、詩情畫意。

這段期間，可以品嘗到「穗之香」、「女峰」、「豐之華」、「露之水滴」、「紅頰」、「熊紅」（產於熊本的紅草莓）……還有淺粉紅色如雪中櫻花的「淡雪」，和好貴好貴的「雪兔」——它外形獨特且是全白色的，清甜帶點蜜桃香氣，不忍一口幹掉兔兔。有些人愛加煉乳同吃就是多餘。

某人托我在日本買些士多啤梨種子，以為 easy job？誰知在花店、大型百貨公司、超市……都找不到，病了更有藉口不找，回覆：其實選些「高端」的日本士多啤梨，完熟到微爛，切塊或整個放泥中（可先培苗再種）也ＯＫ了——它一身的小粒粒就是種子。像有些人鼻頭長滿粉刺、黑頭，被戲稱「草莓鼻」，這聯想很殺風景吧。

紅頰

淡雪

過敏症候群

　　有小孩給我改綽號——事緣某日辦公室同事家的小孩來探班，剛好我帶了台灣的「黑金剛」花生，那花生衣是黑色的（含豐富花青素和營養），小孩沒見過有點驚愕，我便示範吃着，他終也敢「試」。

　　本來擔心年紀小吃花生咬崩了牙就不妙，但他牙力夠還津津有味，後來我送他一袋拎回家給爸爸吃。小孩喚我「花生姨姨」，沒有名字、身份觀念，純真印象。

　　每個小孩能健康成長，見識日增，是所有大人的期望。不過幸福並非必然。

　　便想起有朋友的孩子，某夜進醫院：氣促、哮喘、咳嗽、出疹、臉腫、血壓降低，狀甚痛苦。原來是「花生過敏症」，誤食花生或相關食物，影響身體免疫系統，嚴重者會呼吸困難，甚至致命。

　　在英國，每 200 個人當中大約有 1 人對花生敏感，而孩子比成年人更易中招，由於難「斷尾」，一輩子都要小心避免接觸。希望醫療和科技進步，帶來

「解藥」。

　　其實人人都有過敏症，我就受不了電髮藥水，眼睛額臉會紅腫，所以我從來不電髮，一向是直髮，年中都省下一大筆。

　　損友招認他們的症候，一個「貧窮過敏症」，一個「大媽過敏症」，一個見過律政司長僭建驊伸出紅甲向記者們手指指，即時患上「鳳爪過敏症」──不，應是「鳳爪恐懼症」才對。

「水牛精神」

台北著名小吃「口　品」生意紅火，招牌腸旺麻辣臭豆腐鍋有大腸、臭豆腐、豬肉、金針菇、香菇、貢丸、高麗菜、酸菜、鴨血……湯頭是十幾種天然食材和中藥熬煮，味道不錯。

見他們的店員，都穿一件黃底紅字印上「水牛精神」的Ｔ恤，十分亮眼，便問：「臭豆腐跟水牛有甚麼關係？」

「這是我們的制服，也是我們的精神啊。」

口　品是小店發跡的背景，1996年在台北萬華經營，誰做誰倒，人人都不看好，左鄰右舍在背後竊笑，但徐老大憑着一股客家人硬頸不服輸的精神，撐了過來，當初名不見經傳，今日台北縣市各大夜市都能找到它的蹤跡，成王敗寇，就是以「水牛精神」來互勉。

水牛代表勤勇、刻苦耐勞、迎難而上，並非口品所創，實為中國千百年來的形象。

牛不但是農業社會生產力，牠渾身是寶，都可吃

可用可製作，民生和文化深層，一種堅毅加柔韌的生命力。豬受歡迎，牛更得敬重，人們把牠抓去殺了，牠低低哀鳴，還會流淚⋯⋯

「水牛精神」合時宜嗎？各有自己答案——俗謂「很牛」、「牛逼」、「牛 B」，都指厲害、彪悍、有實力、不委屈的意思，正是大家所追求。

www.hotdoufu.com

讓嚐過的每一張嘴唸念不忘~涎香四溢

文武廟和滴漏咖啡

　　那天我們到上環文武廟去，順便逛逛荷李活道一帶。

　　文武廟是上環地標，這古廟落成於清道光1847~1862年間，位於車水馬龍的中上環鬧市商業區，它很安靜、純樸、權威，四時香煙裊裊，周遭吊掛着的大型塔香更是一道風景，善信祈求健康、財富、快樂、長壽……廟外有人工桃花數株，供人祈願。

　　我是中環人，亦在書畫和中藥中長大，自小年年隨大人到文武廟拜祭，廟內供奉着「文帝」（文昌帝君）、「武帝」（關聖帝君），他倆一手執毛筆，職司文學和官祿；一手持長劍，代表忠義武略。

　　大人希望小孩成長文武雙全，年年領之上香，我也希望自己文又得武又得（我真的習過刀劍纓槍，是舞不是武），這些都是如煙往事，不過也習慣了一年一度來摸摸巨型毛筆和關刀，百多年滄桑千萬人手澤，神像無言見證。

對文武廟是印象加感情，不過很多人信它好靈，我的電影中也出現過如花到此求籤的畫面。它仍在，但「華僑日報」就消失了。

　　後來沿路西行，見到一家越南牛肉粉店子，湯粉和小吃地道美味，特別叫了滴漏咖啡，看它一滴一滴的漏下杯中，緩慢又傲慢，但如歲月流曳……一個回憶中的下午就過去了。

文武廟前桃花樹

越南滴漏咖啡

救地球何需黨英雄？

C 竟然來挑戰我的忍耐力，問要不要去看《流浪地球》？

C 認為好歹也得一看，此片在大陸掀起熱潮，紅火到票房 45 個億（45 億就 45 億，「個」甚麼？），原著小說賣得好，但豆瓣評分只得 7.9，對此官民奉旨催谷下屬聽令捧場的票房，評價只是「一般」（豆瓣真敢！）。

看影評，同志們沒啥好話：土、兒戲、尷尬、作大⋯⋯都有。專家更踢爆橋段無根據。説是中國英雄（只有共產黨）可以救地球？真是大灣區式「起飛之作」。

我不關注也沒打算去看，但 C 的論調合理，作為傳媒人寫作人，「好歹」一看，否則如何刺激求知欲？又怎與人辯論溝通？起碼寫篇稿。而且看完戲，可以去附近一嚐大受歡迎的素食自助餐——這才是核心價值誘惑主因，就先苦後甜，否極泰來。

誰知到時到候 C 取消了戲約，原來香港票房慘

淡，開畫時旺角 300 個座位只賣出 7 張戲票，周六日賣出 3 張，好些戲院甚至零票房。與誰「溝通」？都沒斗零共鳴和興趣，白談，扯蛋！

——幸好自助餐還是要去的，整晚瓜果菜全素也很美味，椰子牛蒡蓮藕湯、木瓜雪耳糖水、清粥小菜、新鮮沙律……

「吃素救地球」何止健康之道，更有自由選擇之樂趣。

包尿片的
壯漢和美眉

　　港聞報導一位 30 歲的阿翔，獲僱員再培訓局（ERB）頒發本年度傑出學員獎。他 18 歲起在社會低層掙扎，當過清潔工、司機、通渠工……無前景又因骯髒遭人嫌棄，誤交損友沈淪毒海，「索 K（氯胺酮）索到幾乎要包尿片」。後為搵快錢販毒被判入獄逾 3 年。

　　有次身體不適送院治理，聽到相鄰羈留病房中不斷有人呻吟：「好痛！好辛苦！」後來無聲了，醫院及懲教署職員說要通知家人。才知那是鼎鼎大名葉繼歡──「一代賊王」在痛苦哀嚎中去世，點醒了阿翔，歪路不能再走下去了，所以努力重覓新生，兩個月前還當了老闆，開設清潔公司，4 名職員全為更新人士。回頭是岸，否則，他就是一個使用尿片到老的廢男。

　　長期索 K 嚴重損害膀胱和腎功能，無法復元，由於膀胱變壞容量縮小，可儲存尿液只及原來的 1/10，每 10 分鐘便要小便一次，甚至怕失禁出外需

用尿片，更別提坐長途車或出外旅遊了，形同為毒品及尿片服務的行屍走肉。

不少「尿片妹」都綺年玉貌身材好。台灣某閨蜜勾引姊妹的男友，正宮狠踢暴打撕衣片段被熱議，原來閨蜜穿的成人紙尿褲曝光，為防瀨尿，也夠噁心了。

近年中港台索 K 男女甚多，難怪成人紙尿片的廣告和銷量大增。

日前台北一名「新手房東」，以為把房子重新整修髹漆，購入新家具，租給 25 歲年輕斯文單身女子，安全系數高些。誰知半年後此女已用各種理由拖欠房租，如剛回台北沒錢、要工作幾天公司才預支薪水、墮胎血崩、身體差、出車禍、割腕自殺……總之不但欠租還欠水電管理費一大堆。

房東完全聯絡不上只好上門，誰料應門的是對流氣的陌生男女，聲稱「借住」。而報警後才發現房間髒亂不堪，堆滿雜物煙蒂保險套、冰箱發出惡臭、浴

室馬桶都是污垢黑水……遇上惡客，氣憤得要昏倒，還得承擔一切善後費用，告上法院也沒轍。所有業主怕租霸，房子搞到變「臭宅」。

　　——但，變成「凶宅」更傷。「包尿片的美眉」累人累己累街坊：一名 27 歲女子亦欠租失聯，因房間發出惡臭才知她臉部發黑倒斃門口——現場堆放使用過的成人紙尿片，宛如一座小山，懷疑吸食 K 仔、安非他命等毒品，腎功能敗壞膀胱發炎日夜失禁……她死了，凶宅租不出賣不掉，還得負擔着，這毒鬼是與房東前世有仇嗎？

　　每回看到這些新聞舊聞，總覺有樓揸手的業主也有憂驚之處，這不是風涼話，香港的個案也很恐怖。猶幸港人近年已買不起樓了，故有資格放租的業主大減。

「篝」之入魂雞白湯

　　一個愛「入魂」的民族：壽司「一皿入魂」、拉麵「一箸入魂」、美食「一勺入魂」、樂曲「一音入魂」、美人（男、女）「一瞬入魂」，還有「一滴入魂」、「一射入魂」、「一杯入魂」、「一擊入魂」、「一針入魂」、「一筆入魂」、「一碗入魂」、「一鍋入魂」、「一花入魂」……進入靈魂深處，得傾注全副心力去欣賞、讚歎、分享。

　　日本拉麵大街小巷地上地下店舖星羅棋佈，目不暇給，一般是豚骨、醬油、鹽味、魚介、雞……作湯底。我認為最美味是「篝」的雞白湯。「篝」粵音「溝」，從竹，竹籠可熏衣，篝燈在冬夜亮物呵凍，野外燃起一堆堆火焰喚篝火，都有暖、亮之意。

　　「篝」，東京銀座名店，大阪也有分店。它的美食很簡單，只有雞白湯麵、蛤蜊牡蠣湯麵、沾麵等幾項。天天大排長龍，輪候一兩小時。我問過店長，為甚麼是「雞白湯 Soba」？ Soba 不是蕎麥麵嗎？不過他回答一直用「三河屋製麵廠」的拉麵，因麵身水份

低，較硬，吸附力強，與湯十分配合。

　　果然名不虛傳，這雞白湯微黃、泛油、濃稠，香濃淳厚回甘，骨膠原蛋白順喉入胃，層次極高，拉麵上有嫩滑雞片、烤過的玉米笋、蓮藕片、香菜、杞子，高貴優雅，令人心醉──喝至一滴不留，真正的一湯入魂。

蓮香樓和「二奶巷」

　　本來，有近百年歷史的舊式酒樓「蓮香樓」，2019 年 2 月底結業拆遷，引來不少街坊、老顧客、遊客，及自小在中環長大但已搬家的人（如我），有點不捨，作最後瞻仰。

　　威靈頓街的蓮香樓地下售賣糕點，一樓是酒家，但一直保留七、八十年代古老裝潢，服務和衛生也很一般，點心推出來叫賣時還得搶，如豬膶燒賣雞球大包淮山雞札灌湯餃這些，都堅持傳統，懷舊者倒希望百年不變，吃的是情懷，最馳名的霸皇八寶鴨，「內涵豐富」又美味，別處吃不到，得預訂。

　　說「本來」，就是這來自廣州的 92 歲老酒樓，在伙記吃過最後尾禡，消失的邊緣，有戲劇性發展，峰迴路轉，2 月 28 日做完早、午市生意後，拆去舊招牌，「蓮香樓」換上「蓮香茶室」，3 月 1 日早市重開。

　　幾位老伙記合資頂手，原租續約 3 年，以「原始模式」經營，只做早、午及下午茶市，晚市將會取

蓮香茶室

二奶巷舊觀

消，於是「一盅兩件」和大水煲沖茶沒成絕響，在回憶中又回魂了。

不過，古老風情亦一去不返，到底時移勢易，人亦生老病死，過的日子也不同了。

有些艷屑，倒與從前的蓮香樓有關。

中環有條香艷神秘的「二奶巷」，就在威靈頓街尾……

安和里串通九如坊和皇后大道中，老店陳意齋附近，是「秘密通道」，不少富豪在此金屋藏嬌，安置二奶，免被搜宮踢寶。

有傳老爺把整幢物業送給二奶「揸手」；有傳一名鴉片煙商的大婆（阿和）和二奶（阿安）爭寵，二奶先生子，所以他購下私家巷命名「安和里」，後大婆也生一子，所以富商又購入另一條巷命名「和安里」——可見百年前港人多富裕、豪奢，而且以錢擺平女人，平息一切糾紛，實為高招。如果你孤寒鐸，有甚麼資格享齊人之福？

當年中上環特別多有錢佬，大酒樓、南北行、鹹魚欄……經營飲食、參茸、海味、中藥、鹹魚、乾貨。生意好，財雄勢大，飽暖思淫慾，有些愛風情萬種百媚千嬌，沈迷塘西風月，為紅牌阿姑一擲千金；有些喜依人小鳥侍奉慇懃；也有些對純情弱女有興趣，各有所好。

很多時，媒人婆領着家貧無依，「一命救全家」的十多歲女子，她們面貌姣好發育青澀，到威靈頓街蓮香樓飲茶「相睇」——薄命憐卿甘作妾，只佯作路過同老爺打招呼聊幾句吧，相中後，從此轉入曲折石板小巷安和里，含羞忍辱當二奶，在金屋過日辰……

超激辛「鬼の涙」

　　現今港人到日本徜徉就像遊新界般方便而頻密，根本毋須甚麼「手信」。但我買了一堆「鬼の涙」回來，甚受損友歡迎，滿足了本人的邪惡感。亦只此一次，不會再送。

　　某日在東京八重洲地下街偶遇。「八重洲」唸起來帶和風，「七重天」則很中式，但在日本鬼怒川有家溫泉旅館就喚「七重八重」。

　　八重洲在東京都中央區一帶，地名源於江戶時代，新舊交替之區。東京站內的地下街，則很好逛，老舖也多。其中一家是 1927 年在東京神田創業的「喜八堂」，以傳統古老製法做煎餅，是有名的土產店。

　　我不大喜歡吃煎餅，味道口感差不多，一兩個就好了。這家同其他煎餅店一樣，都以米為食材，不過是「頑固職人」之製作，人手慢燒，有生醬油、唐辛子、砂糖、味噌、海苔、七味……當眼處懸了個簡樸的巨型煎餅，默默地以「極上」作招徠，有他們的驕傲。

吸引我的是限量版的「鬼の淚」，以「超超超超超激辛」宣傳，其實眼淚形狀的米餅，因滿佈辣椒粉，連鬼吃了也哭泣流淚呢。它裝幀醒目，打開全是「紅淚」，嗆得人鬼都「傷心」不已。

　　真的好辣！適合各位自虐狂和被虐狂。既喻鬼之淚，又挑釁連鬼也受不了，多寸！

　　由超激辛「鬼の淚」說起，我間中也喜歡辣──但肯定不常吃，亦非無辣不歡之人，原因很簡單：我的胃不好，惜身。麻辣火鍋更少吃了，大家都明白，那些火鍋多含化學增香添味劑，只一滴，20秒就把清水變成濃湯，再加麻辣配料，掩蓋劣肉腐肉毒肉假肉（如低價的狐狸、水貂、老鼠等肉，假扮羊肉），味重，吃不出些致癌的東西，也沒提防。

　　日本電視綜藝節目中，常見超激辛玩命戰，比賽誰吃得最辣而沒投降，看到參賽者（有些還是纖纖弱女）的痛苦表情，觀眾一邊發出同情哀歎一邊欣賞打氣，娛樂性豐富。

日本一些鮮紅色激辣零食自動販賣機，全是辣度不同的小吃。我見副刊記者逐一實試，到「死神大魔王（極）」，他辛苦咳嗽，狂飲鮮奶「解毒」，看到也舌頭發麻。

　　有些人愛挑戰極限，如美國一名 34 歲男子吃下「全世界最辣」的卡羅萊納死神辣椒（Carolina Reaper），瞬間口乾舌燥，脖子、後腦和頭部如雷擊疼痛，幾天不散，受不了只好進院急診。2016 年，一名 47 歲男子吃了印度鬼椒（ghost pepper）後乾嘔，最後因食道撕裂傷死亡。

　　我們不能說這些熱愛燒心燒胃勁辣食物的人，是犯傻或犯賤？畢竟各人有尋求刺激的自由，後果自負吧。

追尋一隻「安心蛋」

　　世上還有沒有「安心蛋」？

　　德國農場曾因飼料受致癌物質二噁英污染，已有多個國家禁止進口德國雞蛋和禽肉，香港政府在得悉事件一週後始有扣驗行動，市民進嘴了，局長才呼籲暫停食用，進退失據，不知多少人受害？

　　更可笑的，是本港食物安全中心在市面抽取十一個聲稱「德國蛋」去化驗，發現其中六隻根本不是來自德國，而是產於中國大陸（如吉林）的「內地蛋」，不法之徒為提高價格，在蛋殼上印上代表德國的「DE」字樣及編碼冒充。市民不察，或可逃過二噁英，但逃不過蘇丹紅。

　　假得那麼真， DE 標記、生產日期、條碼編號俱備，大家不易一一追查，若說不放心，市面上一切食品都可疑了。

　　還是外國貨比較有保障吧？因為國貨更恐怖。柴米油鹽醬醋茶……沒一樣可靠，全都有「聰敏」的同胞製作山寨次貨。

本來我們已不大相信內地雞蛋了，何止劣毒？還是假的，「海藻酸鈉、氯化鈣、硬脂酸、食用色素、食用石蠟、氧化鈉……」以上種種聽得人毛骨悚然的化學物品，混搭成一隻隻外殼漂亮內容曖昧毫無營養價值的假蛋出售，可像乒乓球般彈動。

　　內地市面有明目張膽的「傳授假蛋技術班」，學費由人民幣 900 元至 1,200 元不等，像真度愈高學費愈貴。

　　央視記者當無間道去報名上課，揭發原來這些培訓班也是假的——假蛋班教人做假蛋，騙上騙。

　　小小一隻蛋，從前只幾角錢，現今已漲價一兩元到三四元，極品的當然不止，小市民天天吃蛋，這是最普及又最美味的食品。不知何時開始含蘇丹紅、沙門氏菌、三聚氰胺、二噁英……彷彿是天下至毒物，當蛋黃在那兒搖搖蕩蕩時，竟似發出淫邪笑聲：「來吧！吃我吧！保管叫你欲仙欲死！」——最後你死得不明不白，目瞪口呆，當個壯烈的殉蛋者。

看來只有本地農場、泰國、美國、日本的雞蛋尚未有甚麼負面消息，或者我們得買大的、貴的，以「優質」來令自己安心。

　　在日本，就狂吃溫泉玉子，肯定不會吃出一團啫喱狀混合物，而且它浸泡在 60~70℃ 的溫泉中，舒舒服服，身心康泰，不必經過猛火沸水折騰，七成熟，蛋白呈半透明豆花狀，蛋黃是溏心的，透現出誘人的紅暈，晃動而嬌艷，香滑豐腴，可以就這樣匙舀吸啜，或鋪在軟糯的米飯上，或伴烏冬，加點醬油和蘿蔔茸，已是人間極品，最簡單平凡的食材，可以織成一個閒適白日夢。茶碗蒸、玉子燒（煎蛋卷）都是日式民間小吃，不過我最愛溫泉玉子。

　　蛋有多種做法：一、煎。二、煮。三、炒。四、蒸。五、燒。六、烚。七、焗。八、混。我想想還有甚麼添加？如「波蛋」、「窩蛋」、「醋蛋」、「燻蛋」、「炸蛋」，應是分支，或變奏。

　　蛋本身便宜，但可以做出貴菜，當然平貴是種計

算，幸福滿足則屬於感覺。

光是炒，一家著名的餐廳做出全城最香滑的鮮奶炒蛋三文治，以加入「北海道特選 3.6 牛乳」作招徠，若配上一點黑松露或白松露來炒，這個早餐特貴。

其實葱花炒蛋已很美味。菜脯肉鬆或青豆角乳酪炒蛋是食家細緻的心水。桂花魚翅則把蛋炒成滿盤灑落的桂花般，大師傅手勢。

《金瓶梅》第四十四回，寫李瓶兒吃飯，四小碟其中有一碟「攤雞蛋」。「攤」，即將打好的雞蛋置鍋中向四周推開，攤成一大片。徐州一帶農村，炒雞蛋時落的配料多，下鍋後先攤開後翻過來，再下料。是家常下飯菜。而「攤」這說法較為大咧咧，動作爽快，粗糙，市井得來又十分親切，他們做薄餅皮也喚攤一張餅。

每到炒蛋，必然不止一隻，得用個大容器盛了若干雞蛋攪拌成漿再下鍋炒。經驗豐富的精明主婦，打

一隻蛋，先用小碗盛着，肯定不是壞蛋，才轉送到大容器中，這一下手勢，是寶貴「心得」，因為一不小心打下個臭蛋壞蛋，整盤蛋漿整道菜便受影響了，馬上撈起扔掉，雖不致弄砸一鍋，但稍為遲緩，亦受牽累。

未破殼，好蛋壞蛋看不出來，專家眼光亦未必準繩，有時外觀唬人，敗絮其中，得打開了，才見箇中內涵。「一子錯，滿盤皆落索」、「一粒老鼠糞，壞了一鍋湯」就這道理。所以「一隻臭雞蛋，砸了一道菜」。

外頭的食肆掩人耳目混作一團，可維護家人健康的主婦就不肯這樣幹——因為中間有「愛」。

連鎖快餐店一度以「即叫即煎」的太陽蛋作早餐賣點，我就有點不滿，新鮮煎雙蛋本是份內，不值得宣傳。

人們清晨開始一天煩瑣工作，早餐桌上兩隻流動如太陽微笑的雞蛋，往往是活力泉源。作為一家餐

廳，當然奉上即煎的雙蛋，此乃專業操守——不過一般快餐店，都是先煎好一大盤，然後上碟，那太陽蛋是冷的，僵化的，蛋黃早已嗚呼哀哉一動不動了，還說甚麼煎一面半生燶邊？奢望而已。他們肯即煎，原來已屬恩惠。

寫到這裏，聯想起 M 記那些千篇一律以鐵圈固定圓狀的煎蛋，均為熟透的死硬派，是隻黃白分明的戴了「大眼仔」的眼睛，卻全無靈活眼神。我不愛 M 記的煎蛋正如我不會挑選為了美瞳而戴「大眼仔」演戲的藝人，他／她們欠缺神采和感情，只是方便扮靚（見仁見智）的速成法。

蛋雖尋常，隨時吃到，自己弄也方便，做得好卻不容易，千變萬化的烹調法，學一生也學不完。但不該致命呀。

美國肯塔基州東部曾發生過槍擊案，一名 47 歲男子，因嫌妻子做早餐時煮蛋不合他胃口，二人發生爭執，男子竟拔槍殺妻，還禍及繼女、鄰居，最後自

轟身亡，此案共 6 人喪生。這是我看過與蛋有關的故事，最荒謬及悽厲的一個。

是世人不懂包容，抑或要求過高無理取鬧呢？

珍惜每個眼前人，珍惜每隻健康的蛋——因為全都是凡塵俗世中可遇不可求。

我們追尋完美的人際關係，如同追尋一隻飽滿、亮麗、香滑、安全的蛋，在假劣毒貨中淘寶……

「薑心比心」

嚴冬。雖然天色清澈風也不大,但仍覺體內有股寒氣。驅風祛濕當然最好來杯薑紅茶,暖胃又提神。

那天道左有人派宣傳單張:「生薑全身按摩」試做優惠。心忖,真是個吸引的好點子。怎麼想到用生薑做 bodymassage?技術上會否有難度?我疑惑:要不要帶衣服替換?如何全身按摩?用薑片薑茸抑或薑汁?做完後跑到街上活脫脫一碟薑汁肉片?回家的路太長了。

所以決定「以身試薑」。

一 part 約 50 分鐘。正價二百多元,試做收百多元。一般全身按摩推油之外,還用滾燙的「薑包」熱敷,此乃招徠重點。厚布袋裹着的是切碎打爛的薑茸(薑汁拎去腳底按摩前足浴用)。隔了布巾,生薑香氣濃郁,在長期案頭或電腦作業的客人背部、肌肉勞損的頸肩部、少運動的腿部遊走,滾動多於按摩。不過生薑行氣活血,驅寒保暖,感覺很舒服。之後用熱毛巾抹乾淨,仍有心理作用,帶點黏。

話題作可好奇一試。

不過有更好的方法。日本風呂入浴前，常見各式各樣風味：柚子、紫蘇、櫻花、金箔、綠茶、艾葉、生薑……都經加工製作。其實最方便是在一缸熱水中加入生鮮物。像生薑風呂，濃淡隨意浸泡後可倒頭大睡，而且十分便宜。

從前冬日街上大鑊糖砂炒栗子，和用一個油桶煨番薯的流動小販已不復見，好懷念煨到微焦滲出蜜液的燙手大番薯，地道風味。

廣東人愛番薯糖水，其實最易煲，不過番薯要挑選。

市面上也有黃、金黃、紅、橙、白各色番薯，細分之下還有白皮黃肉、白皮紫肉、白皮白肉（這個較硬不太甜，藥用，有人煲大芥菜番薯湯）。日本番薯如鳴門金時、大分、福岡、宮崎……等地生產，他們稱紫芋、紅芋、薩摩芋（鹿兒島產），多屬纖巧粉糯。

番薯糖水還是傳統、純樸的好，實淨墜手粗胖黃番薯，也可配些少紅、橙、白，一爐共冶——用片糖，必須揀老薑，是「絕配」，也必須到街市買。

　　某日問候小思老師，建議她煲清潤的三果湯（蘋果、雪梨、木瓜、雪耳、豬䑕），和番薯糖水。她怕寡，所以又建議加紅棗、或蓮子、或雞蛋……我已弄好一大煲作飯後甜品。光喝辣辣薑湯也很棒！

　　東區太古城有間冰室，茶餐是大路貨，火腿腸仔午餐肉炒蛋多士雞豬牛扒黯然銷魂飯之類，但有一道「夠薑豬膶牛肉湯米」，上桌一看，幾大塊薑，而整碗米粉，又鮮又濃很美味，尤其是滿嘴薑的獨特香辣，不是三幾條薑絲的無關痛癢不慍不火，果然「夠薑」，如市井俗語，代表膽識勇猛誰怕誰？

　　喜歡薑食：薑汁撞奶、台式薑母鴨、薑葱焗蠔、薑汁冰淇淋、和牛生薑燒、老薑番薯糖水、薑茸蛋白帶子炒飯、白切黃油雞薑葱油、豬腳薑醋……

　　世上十大生產國以印度為首，中國次之。在我

薑 心比心

We all have endless treasure in our minds.

薑 心比心 Ginger ♥ Ginger

薑 心比心

薑 心比心
在地芬芳
禾本科健康事業有限公司
www.ginger500.com.tw

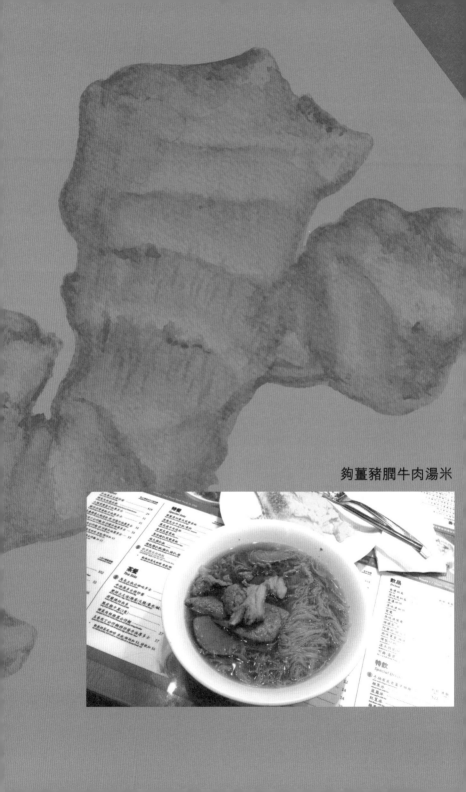

夠薑豬膶牛肉湯米

印象中，日本的薑不辣，咖喱是甜的，真是到喉唔到肺。

中醫認為薑性溫（一般以為好「燥」），薑黃可以治心痛，可惜只治生理的痛並非心理的痛，否則便是聖藥了。

某回在台北忠孝西路閑逛，見一特色商店，裝潢樸實但有格調，喚「薑心比心」（國語「薑」唸來是「將」，所以好體貼的「將心比心」）。古人用薑智慧，配合現代方式，加以融合，研製如洗髮水、沐浴露、養潤乳、潔牙膏、面膜、手工皂、按摩油……還有甜薑丹橘擴香瓶。此店號也有特別照顧孕婦和坐月子媽媽的產品，暖心暖膚也暖身。

怡東不見了

　　怡東酒店（The Excelsior）已於 2019 年 3 月 31 日「落幕」，曲終人散。

　　它屹立銅鑼灣 46 年，我們常在咖啡座聊天、談劇本，完成功課或收工後，也進去來個自助餐慰勞自己⋯⋯接近半世紀的酒店在「道別之砲」聲中、「打卡」留念的人群中、最後相聚祝酒中，終被層層裝修圍板覆蓋。

　　早已知它會結業，有點不捨。6 年後改建為約 6.35 萬平方米的綜合商業樓宇，亦大勢所趨。這一陣盡情相約在怡東，一批批朋友來去，一椿椿舊事緬懷⋯⋯少年子弟江湖老。

　　某回座上有從前香港電台電視部舊友，說：「我還有你幾十年前《霸王別姬》劇本呢，手寫的喔。」——但我不大滿意誓要重寫（十年後重寫小說和劇本）。港台人都懷念那純樸簡單的創作日子，團隊優秀，沒甚麼爭名逐利歪風，也很 open，劇本一出（不止《霸》，還有《我家的女人》、《江湖再見》、《男

燒衣》……）人人都可影印一份，討論一番。《霸》劇中小孩功架和花旦造手是我教的，在大堂借一角落練習。監製探班哄道：「你付出的不止一個編劇啊。」誰會計較呢？默默地幹吧。

一直保留低調、不愛出風頭的個性，實力最重要，初衷沒變，只是歲月流逝，影視創作環境也不同，自由自在齊放的百花已經放完了。

正如怡東故地故人，也只互道「有緣再會！」吧。

過山烏革命無罪

損友某發來照片，他們捕獲一尾很大的灰黑色鱧魚，約半人高，十分壯碩，看來是頓美食，因得來不易，馬上拍照炫耀，驕其鄉里同儕，呃 like。

鱧又名烏魚、銅魚、蛇頭魚——因頭部似蛇。那魚已敗在你手上，全無還擊之力，任人處置了，牠是魚不是蛇，若是「炫蛇」，後果堪虞。

海南省屯昌縣一名男子，日前徒手捉住一條一米多長俗稱「過山烏」的劇毒眼鏡蛇王，引來村民圍觀拍片，他左手捉住蛇頭，右腳踏着蛇身，擺出威風姿態炫耀，未料轉瞬間被蛇咬傷倒地。過山烏性情兇猛，其毒液迅速襲擊中樞神經系統，令人劇痛、暈眩、麻痺、呼吸衰竭……救護車接報，40 分鐘到場時，男子已一命嗚呼。

在這「命案」中，過山烏造反有理、革命無罪。自衞氣壯，尚餘一息也還擊復仇，否則枉為「蛇王」。雖然最後亦遭斬殺，但有敵人陪葬——前一秒威風挺立，下一秒倒地身亡。

不知如何，強國年年月月日日，都有這樣人蠢冇藥醫的炫耀新聞，娛樂大眾。

　　——有否忽略一點？救護車是 40 分鐘後才到的。

　　如果香港再多這些強蝗來佔地，肯定令本城已吃重之醫療服務更受影響，種種延誤，未能及時救傷扶危拯命。

十二月的屎桶和肉湯

　　台灣 2020 總統大選真精彩，明爭暗鬥奇招怪招百出（當然賤招蠢招更千出），有幾個電視台的時事政治評論節目也有料，好看。

　　最好笑的，當中夾雜不少台語（閩南話），有些歇後語和俗諺，因地土文化習俗不同，聽不明，有字幕我也不懂。

　　某立委僥倖當選，之前對手來勢洶洶又有紅人加持，自覺戰危，當眾表白「曾嚇到閃屎」──「閃屎」倒也易明，忽瀉便是。

　　但見「十二月屎桶」，先不查找答案，估吓。若「十二月尿壺」當可理解為天寒地凍不願離開暖被窩，所以床底那夜壺是最好的便溺器。但屎桶？與十二月何干？

　　還是追查一下前因後果，「十二月屎桶」指「盡拼」，拼是打拼也是清理，全部「嘩出去」之喻，因過年要盡力把那藏垢納污的屎桶洗刷乾淨，好迎新歲，也指拼盡所有力氣一鋪過。有人參選，完全不顧

民意民調也沒自知之明，但年事已高過了這村沒這店，最後關頭，今年不拼就此生也無機會了……終於也明白形勢比人強而退出。

　　「屎桶」如此惡俗，以「十二月肉湯」來提味醒胃自勉吧。

　　因在寒天，再熱騰騰的美味肉湯，也「穩凍」，燒好放着不一會就結凍了，卻是正能量，凍蒜是當選同音，穩凍則「安啦，穩當！」，坐定粒六。

十二月的屎桶

十二月的肉湯

黯然銷魂雞

　　那天微雨有點悶，看了《炸雞特攻隊》，竟然很開心，散場後還特地去吃炸雞。

　　此片又名《雞不可失》，「雞」、「機」食字（得用國語唸），所以還是現行的簡明。

　　《炸》片在韓國氣勢如虹，已超越佳片《屍殺列車》、《逆權司機》、《與神同行》……之票房，只有一個原因：「痛快」！

　　5位廢青廢中廢老廢男廢女警探，其緝毒小組毫無功績常遭上司辱罵，為了破案，天天在黑幫巢穴對面的炸雞店，埋伏監視求突擊，不過炸雞店拍烏蠅要執笠，隊長把心一橫接手經營，方便執行任務，誰知其「秘方」醬汁令炸雞店聲名大噪，日忙夜忙，及後令破案有意想不到的轉機……

　　柳承龍、李東輝、李荷妮、陳普圭、孔明這5人組，當中有顏值欠奉甩皮甩骨，可與建制派及政府班子的騎呢廢柴庸官媲美，沒一個登樣——但原來全是臥虎藏龍，一身武功，谷底反彈，為民除害，建立功

勳，動作加爆笑加人情味，拳拳到肉刀刀見血，難怪沈鬱的香港人大感痛快，藉以忘憤忘憂。

導演是港片迷，片末以《英雄本色》中，哥哥一曲《當年情》寄意（或致敬），是驚喜彩蛋。

作為觀眾，我們看完《三夫》，不管演技及寓意，馬上對豐腴厚滑的白身魚一點胃口也沒有，損友某還發誓一星期內不會吃魚和喝奶……笑死！

但《炸雞特攻隊》卻相反，愈看愈餓，連香港那些水準不高的炸雞暫且「濫竽充數」。

究竟片中的炸雞是否有售？原來不，只因應角色誤打誤撞「弄」出來的美食，既是「假想」、「虛擬」，當然不在餐牌上，但民意沸騰，垂涎三尺的影迷逼得導演把招牌「水原牛肋排炸雞」的秘方公開，以慰為食鬼，群眾壓力真奏效，而片商直接公開食譜，沒囤積居奇（其實完全可以註冊專利的），亦無私表現。

這「名物」的靈魂是醬汁，以醬油、砂糖、味

精、胡椒、果糖、芝麻油、沙拉油、洋蔥末、蒜末、可樂……調製煮成。但竅門是切好的雞塊先在牛奶中浸泡 30 分鐘,將牛奶倒掉,再均勻沾上 1:1 混合調味的炸粉水麵糊,拍粉,以 160 至 180 油溫下鍋,第一次炸 7 分鐘,翻炸 2 分鐘,逼出多餘的油更香脆。蘸醬汁上桌,是為「黯然銷魂雞」,與叉燒雙煎蛋飯有得揮。

韓國和台灣都陸續面世,電影效應,無限商機,香港人怎會落後於形勢?哪兒有得吃?告訴我。

「偷食」和加油

　　雖然人不在港，但轟動一時的「安心偷食」16分鐘激情片段，還是第一時間看到，姣婆遇着脂粉客，果然原形畢露。

　　但大家都是局外人，到底如何解決，只是安、心、鄭、馬4個人的私事，抽水令人反感，如趙姓區議員扮保護住客在FB點出馬明住太古城，更引發傳媒追訪，還殃及馬的媽媽，被迫面對兒子「被綠帽」，真是無辜。有個健身教練（沒留意名字）也來插足議事，十分奇怪。

　　當然，娛樂圈（甚至各界），男歡女愛的緋聞醜聞怎會少？小鮮肉、小鮮奶、肥叔叔、土豪伯、富婆、人夫、人妻、同事、經理人、粉絲……都一塌胡塗，人人可演《三夫》或者《淪落人》，很難以「道德」角度評議。不過人家偷食沒那麼蠢，警覺性沒那麼低，還以為黑口罩加噉帽「你睇我唔到！」，全程娛賓。看來安心無法安心了，「斷正」便前途盡毀，玩完。

作為旁觀者，見鄭秀文將 FB 專頁封面改為黑色，即使徹底背叛她的安仔哭着鞠躬道歉，她也難掩心死。其他人可以潛水，Sammi 近期有演唱會，避無可避——希望她盡情傷痛之後，劫數難逃就別逃，反而積極做好個唱，有個精神寄托，加油！要知「靠山山會倒，靠人人會跑，靠自己最好」，這關又過了，還有甚麼難倒你？

不足 3 天，她就站出來，表達了「原諒」之情，讓事件告一段落。

雞髀雞胸，各有前因

真是同人唔同命。

「安心偷食」事件震撼彈，中港台及華人社會議論紛紛，但才擾攘2、3日，出軌的丈夫就得到妻子包容、原諒，不放棄，身為受害人還道「互相糾正」（是否太委屈了？），不過當事人平息風波，局外人就不必再說了。

比起來，一宗命案卻匪夷所思：安徽廬江縣有對夫妻竟因一隻「雞髀」反目，吳某與妻羅某自由戀愛結合，婚後育一子一女，但吳對羅過於愛護遷就，她脾氣日差經常吵架，還提出要奶奶住在密不透風的儲物室內⋯⋯二人生活矛盾不少。某日，羅着吳帶雞髀回來給她吃，他忘了，她不肯原諒，拿起水果刀捅向丈夫，結果一命嗚呼。

有人因「雞髀」喪命，有人因「雞胸」得寬恕，不是「物體」的問題，是「人」。

我沒有宗教信仰也無祈求上帝加添力量的體會，但我相信緣份和因果：世有善緣、惡緣、良緣、孽

緣，而每個人來世上一趟，不外報恩、報仇、討債、還債。

有時見男女（或男男、女女）之間，怎麼一方總是「食住」對方；或因為愛會卑微到塵埃裏才開出花來；或無論如淫蕩、奸邪、變態、貧賤，都有人不離不棄……

三界五行中，「欲無後悔須修己，各有前因莫羨人」──大家怎麼知道是否前世欠了對方，今生來還的？

高雄六合夜市

　　六合夜市是高雄知名夜市之一（但非最好的），吃貨的客似雲來，據說從前生意一般，韓國瑜當上市長，拼旅遊拼經濟，人潮死灰復燃。

　　不少攤檔都張懸了韓禿子的大照片、看板、漫畫像之類，還有零食「韓國魚」，「音容宛在」守護宣傳，還有市民排隊連署拱韓選總統，他形勢好人氣旺民調高，不用「拱」不用「King maker」，選啦！是否登上寶座，後事下回分解。

　　高雄市民死忠，美國的僑胞還亢奮：「超喜歡！見到他就死而無怨了！」──他們十分關心韓的健康，因韓外訪有諸多活動應酬，天冷加時差，疲憊不堪，連在波士頓餐券收費高昂（二千美元）的僑社晚宴，也因身體不舒服而早退……

　　市民心痛：「市長身體這樣差，又揉眼睛多次，太累了，怎麼選總統？」、「八字不夠重，要小心保重啊！」、「他就是拼訂單拼到病！」……知道我們是來客，問：「香港市長累壞了你們也心痛吧？」

——沒這體驗，一來香港市長不是市民一人一票選的；二來，777 奔波勞累，不是為了港人福祉而是為了個人而媚主邀功，誰心痛得起？

政治一日都嫌長，韓是人氣王，當然是眾矢之的，天天被抹黑抹紅抹黃，自己也失言，或失手。林鄭市長更因剛愎自用修訂《逃犯條例》送中惡法，盡失民心，6 月 9 日 103 萬港人，6 月 16 日 200 萬港人遊行示威抗爭⋯⋯

政治太悶、太倒胃口了，林鄭下台？賴死不走？非韓不投？是韓不投？管你韓、郭、柯、蔡⋯⋯還是逛夜市，大掃特掃，管誰「得勢」或「失勢」？

韓粉挺韓　也挺生意

清粥小菜

　　台灣 2020 年總統大選，十分精彩，還未到 1 月
11 日最後一刻，未知鹿死誰手。

　　藍綠白惡鬥，不能小覷各方的奇招怪招蠢招賤
招。當中跌宕起伏，充滿變數。

　　多月前仍是高雄蜜月期，韓禿子訪美，抵達波士
頓首晚，下榻的酒店凌晨 4 點警報器狂響，影響睡眠
晚宴早退；翌晨出席僑民早餐會，記者坐的旅遊巴士
15 分鐘已到場，韓坐的那輛，司機說改道又塞車，
個多小時仍迷路，結果失約還幾乎誤了下一站航程，
這世上有 google 有 GPS，職業司機和韓團隊也安排不
周——沒陰謀論嗎？沒無間道嗎？如此巧合？居心叵
測當然希望案中有案。韓後來又開了幾場造勢大會，
民調、人氣、紛爭、內訌……影響了韓流。

　　記得當日曾浪費了餐館主人招待 170 貴賓及韓
粉的精美早餐：小魚炒豆乾、炸花生、紅糟三層肉、
養生醃蘿蔔、九層塔炒蛋、高麗菜炒蝦皮、熏鴨、烤
魚、地瓜稀飯、禿子饅頭……是心愛的清粥小菜。

幸好我不是政客、紅人、偶像，一介平民，高雄美麗島站一帶逛呀逛，竟然在自立二路找到家 24 小時清粥小菜庶民名店，琳瑯滿目任挑選，地瓜粥又原味，加了苦瓜排骨湯和剛煎香的黃魚，才台幣百多元，滿意又滿足。

　　當然，我們也愛優質美食，山珍海錯，不過小吃是另類吸引。

　　回到香港十分懷念。

　　觀選戰也覓食，不辜負任何假期。

「黑白分明」
是奢求？

　　我們常去一家老式甜品店「食飽」。他們周六日限量供應腰果飽，一早售罄，也可點芝麻飽加杏仁飽，這太極式的飽也可口，且烏髮又潤肺——但見攪拌後的顏色，本來黑是黑白是白，眼前一碗甜品，喻香港也日漸混沌灰黯，令人觸景傷情。

　　有片段在網上熱傳，感動了不少港人。

　　反《逃犯條例》送中惡法示威者，於 2019 年 6 月 26 號晚再包圍灣仔警察總部，要求釋放被捕人士。凌晨，逾百名防暴警察清場，一名男子於軒尼詩道遇警截查，他配合行動及提供身份證資料，同時大聲斥責警方侵害香港人自由，且在 612 鎮壓示威者，出動警棍、催淚彈、橡膠子彈、布袋彈……使用過份暴力，受始作俑者的政府利用。

　　他質問：「你有冇宣誓過保護及服務香港市民！」

　　一夫當關，毫無畏懼，這位在眾警「無言撤退」時猶咬住不放的「霸氣哥」，義正辭嚴：「你都係一

個人，唔係政權嘅傀儡，唔係一件工具！」聲討近 10 分鐘。

別看他慷慨激昂，全程零粗口。最後接受記者訪問時，一反前態，變得十分斯文、理智，甚至很溫柔，算是片末彩蛋。

有人以為他是前警員（可見人們心目中以前的警員比較英氣），他不是，只關心政治時局，在 2014 年佔旺時亦曾仗義執言，現為公民黨成員，在網台主持節目。

有網民留言認為他好 man 好型，說出港人心聲，對比一眾奴才、暴警、牆頭草政棍（皆闊人），多了一份男子氣慨，但這也不算「霸氣」，而是「正氣」——分清是非黑白，理直氣壯，本來就是做人基本原則，而這樣的人也不少，但不知何時開始，需要特別勇敢，還得面對秋後算帳。

充滿仇恨和報復心理的一些人，與愛自由愛香港的一些人，被分化、對立。當然，事實擺在全球眼

前，103 萬白衣人、200 萬黑衣人遊行，民意訴求完全表達，該敗的敗，該雪的冤待雪，該死的好行夾唔送⋯⋯

世故者認為，如果所有事情只以「黑白」處理，未必可能，世有抹黑，也有漂白，亦有灰色地帶，作出有利平衡不容易——但，這與我們成長的教育和訓誨，不符，是我們執着？抑或世人懂得妥協？

在日本吃得一甜品，是黑芝麻布甸加白玉丸子，那明確、漂亮和甜蜜實港人久違的，難道「黑白分明」是奢求？

www.cosmosbooks.com.hk

天地

書　　名　九鬼貓薄荷

作　　者　李碧華

出　　版　天地圖書有限公司

　　　　　香港皇后大道東109-115號

　　　　　智群商業中心15字樓（總寫字樓）

　　　　　電話：2528 3671　傳真：2865 2609

　　　　　香港灣仔莊士敦道30號地庫 / 1樓（門市部）

　　　　　電話：2865 0708　傳真：2861 1541

發　　行　香港聯合書刊物流有限公司

　　　　　香港新界大埔汀麗路36號中華商務印刷大廈3字樓

　　　　　電話：2150 2100　傳真：2407 3062

初版日期　2019年7月・香港

萬般滋味 系列

01

02

03

04

七情＋食欲＝萬般滋味

05

06

07

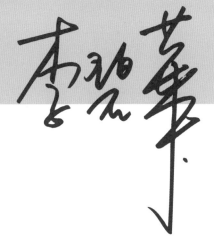

萬般滋味 系列

萬般滋味08

九鬼貓薄荷

李碧華

感情是美食的心事，或因饑渴、
或因追尋、或因偶遇、或因激動、
或因懷念……
平凡的食物也格外銷魂。

李碧華

午夜飛頭

備忘錄

　　最神秘、恐怖、詭異的飛頭降，修煉不易，付出代價很大。

　　降頭師為追求無窮能力，長生不死，永遠掌權，不惜下降讓頭顱午夜離身飛行吸血，由動物、人，至腹中胎兒。

　　狠辣而孤獨，沒有回頭路。

　　人們與之對峙拼搏，千方百計阻止他在天亮前歸位。

　　天亮了……

李碧華 作品

我的「萬般滋味」飲食檔案

我的「萬般滋味」飲食檔案